KB262024

진달래꽃

## 진달래꽃

발행일 2002년 10월 25일 1판 1쇄 발행
2006년 11월 30일 2판 1쇄 발행

지은이 김소월
엮은이 김수복

펴낸이 임은주
펴낸곳 청개구리
출판등록 2003년 10월 1일 제22-2403호
주소 (137-070) 서울 서초구 서초동 1359-4 동영빌딩
전화 02) 584-9886~7 / 팩스 02) 584-9882
전자우편 treefrog2003@hanmail.net
네이버 블로그 청개구리출판사

주간 조태림 / 편집 전지원 / 디자인 임명진 / 마케팅 김상석 / 관리 조현상

값 6,500원



ISBN 89-90938-00-7
ISBN 89-954496-1-6(세트)

청개구리 1텐1텐 문고 ❾

# 진달래꽃

김소월 시집 ● 김주복 엮음

청개구리

### 일러두기

1. 이 책에 실린 김소월 시 작품의 띄어쓰기 및 맞춤
   법은 원작의 의미를 훼손하지 않는 범위내에서만
   현대 표기법에 따랐음을 밝혀 둔다.
2. 시 작품 속에 나오는 고어 및 한자어 등 어려운 낱
   말은 본문에 *를 달아 표시하고 책 뒤쪽의 〈김소월
   시어사전〉에서 설명해 놓았다.

김소월(金素月, 1902~1934)

# 차례

**십대들을 위한 감상의 길잡이**

# 진달래꽃

나 보기가 역겨워
가실 때에는
말없이 고이 보내드리우리다

영변에 약산
진달래꽃
아름따다 가실 길에 뿌리우리다

가시는 걸음걸음
놓인 그 꽃을
사뿐히 즈려밟고 가시옵소서

나 보기가 역겨워
가실 때에는
죽어도 아니 눈물 흘리우리다

# 먼 후일

먼 훗날 당신이 찾으시면
그때에 내 말이 '잊었노라'

당신이 속으로 나무라면
'무척 그리다가 잊었노라'

그래도 당신이 나무라면
'믿기지 않아서 잊었노라'

오늘도 어제도 아니 잊고
먼 훗날 그때에 '잊었노라'

# 풀따기

우리 집 뒷산山에는 풀이 푸르고
숲 사이의 시냇물, 모래 바닥은
파아란 풀 그림자, 떠서 흘러요.

그리운 우리 님은 어디 계신고.
날마다 피어나는 우리 님 생각.
날마다 뒷산山에 홀로 앉아서
날마다 풀을 따서 물에 던져요.

흘러가는 시내의 물에 흘러서
내어던진 풀잎은 옅게 떠갈 제
물살이 해적해적* 품을 헤쳐요.

그리운 우리 님은 어디 계신고.
가엾은 이내 속을 둘 곳 없어서
날마다 풀을 따서 물에 던지고
흘러가는 잎이나 맘해 보아요.*

# 옛이야기

고요하고 어두운 밤이 오면은
어스레한* 등燈불에 밤이 오면은
외로움에 아픔에 다만 혼자서
하염없는 눈물에 저는 웁니다

제 한몸도 예전엔 눈물 모르고
조그마한 세상을 보냈습니다
그때는 지난날의 옛이야기도
아무 설움 모르고 외었습니다

그런데 우리 님이 가신 뒤에는
아주 저를 버리고 가신 뒤에는
전前날에 제게 있던 모든 것들이
가지가지 없어지고 말았습니다

그러나 그 한때에 외어두었던
옛이야기뿐만은 남았습니다
나날이 짙어가는 옛이야기는
부질없이 제 몸을 울려 줍니다

# 님의 노래

그리운 우리 님의 맑은 노래는
언제나 제 가슴에 젖어 있어요

긴 날을 문門 밖에서 서서 들어도
그리운 우리 님의 고운 노래는
해지고 저물도록 귀에 들려요
밤들고 잠들도록 귀에 들려요

고이도 흔들리는 노랫가락에
내 잠은 그만이나 깊이 들어요
고적孤寂한* 잠자리에 홀로 누워도
내 잠은 포스근히 깊이 들어요

그러나 자다 깨면 님의 노래는
하나도 남김없이 잊어버려요
들으면 듣는 대로 님의 노래는
하나도 남김없이 잊고 말아요

# 님에게

한때는 많은 날을 당신 생각에
밤까지 새운 일도 없지 않지만
아직도 때마다는 당신 생각에
축업은* 베갯가의 꿈은 있지만

낯모를 딴 세상의 네길거리에
애달피 날 저무는 갓스물이요
캄캄한 어두운 밤 들에 헤매도
당신은 잊어버린 설움이외다

당신을 생각하면 지금이라도
비오는 모래밭에 오는 눈물의
축업은 베갯가의 꿈은 있지만
당신은 잊어버린 설움이외다

# 봄밤

실버드나무의 거무스레한* 머릿결인 낡은 가지에
제비의 넓은 깃나래*의 간색紺色* 치마에
술집의 창 옆에, 보아라, 봄이 앉았지 않는가.

소리도 없이 바람은 불며, 울며 한숨지어라
아무런 줄도 없이* 섧고 그리운 새카만 봄밤
보드라운 습기濕氣는 떠돌며 땅을 덮어라.

# 꿈꾼 그 옛날

밖에는 눈, 눈이 와라,
고요히 창窓 아래로는 달빛이 들어라.
어스름* 타고서 오신 그 여자女子는
내 꿈의 품속으로 들어와 안겨라.

나의 베개는 눈물로 함빡히* 젖었어라.
그만 그 여자女子는 가고 말았느냐.
다만 고요한 새벽, 별 그림자 하나가
창窓 틈을 엿보아라.

# 꿈으로 오는 한 사람

나이 차지면서* 가지게 되었노라
숨어 있던 한 사람이, 언제나 나의,
다시 깊은 잠속의 꿈으로 와라
불그레한 얼굴에 가늣한* 손가락의,
모르는 듯한 거동擧動도 전前날의 모양대로
그는 야젓이* 나의 팔 위에 누워라
그러나, 그래도 그러나!
말할 아무것이 다시 없는가!
그냥 먹먹할 뿐, 그대로
그는 일어라.* 닭의 홰치는 소리.*
깨어서도 늘, 길거리의 사람을
밝은 대낮에 빗보고는* 하노라

# 눈 오는 저녁

바람 자는 이 저녁
흰눈은 퍼붓는데
무엇하고 계시노
같은 저녁 금년今年은……

꿈이라도 꾸면은!
잠들면 만날런가.
잊었던 그 사람은
흰눈 타고 오시네.

저녁때, 흰눈은 퍼부어라.

# 못 잊어

못 잊어 생각이 나겠지요,
그런대로 한세상 지내시구려,
사노라면 잊힐 날 있으리다.

못 잊어 생각이 나겠지요.
그런대로 세월만 가라시구려,
못 잊어도 더러는 잊히오리다.

그러나 또한긋 이렇지요,
'그리워 살뜰히 못 잊는데,
어쩌면 생각이 떠지나요?'

# 예전엔 미처 몰랐어요

봄 가을 없이 밤마다 돋는 달도
　'예전엔 미처 몰랐어요.'

이렇게 사무치게 그리울 줄도
　'예전엔 미처 몰랐어요.'

달이 암만 밝아도 쳐다볼 줄을
　'예전엔 미처 몰랐어요.'

이제금 저 달이 설움인 줄을
　'예전엔 미처 몰랐어요.'

# 꿈

닭 개 짐승조차도 꿈이 있다고
이르는 말이야 있지 않은가,
그러하다, 봄날은 꿈꿀 때.
내 몸에야 꿈이나 있으랴,
아아 내 세상의 끝이여,
나는 꿈이 그리워, 꿈이 그리워.

# 제비

하늘로 날아다니는 제비의 몸으로도
일정한 깃을 두고 돌아오거든!
어찌 섧지 않으랴, 집도 없는 몸이야!

# 만리성 萬里城

밤마다 밤마다
온 하룻밤
쌓았다 헐었다
긴 만리성!

# 담배

나의 긴 한숨을 동무하는
못 잊게 생각나는 나의 담배!
내력을 잊어버린 옛 시절時節에
났다가 새없이 몸이 가신
아씨님 무덤 위의 풀이라고
말하는 사람도 보았어라.
어물어물 눈앞에 스러지는 검은 연기煙氣,
다만 타붙고 없어지는 불꽃.
아 나의 괴로운 이 맘이여.
나의 하염없이 쓸쓸한 많은 날은
너와 한가지로 지나가라.

# 실제 失題

이 가람과 저 가람은 모두 쳐흘러
그 무엇을 뜻하는고?

미더움을 모르는 당신의 맘

죽은 듯이 어두운 깊은 골의
꺼림칙한 괴로운 몹쓸 꿈의
퍼르죽죽한 불길은 흐르지만
더듬기에 지치운 두 손길은
불어가는 바람에 식히세요
밝고 호젓한 보름달이
새벽의 흔들리는 물노래로
수줍음에 추움에 숨을 듯이
떨고 있는 물밑은 여기외다.

미더움을 모르는 당신의 맘

저 산山과 이 산山이 마주서서
그 무엇을 뜻하는고?

# 부모 父母

낙엽落葉이 우수수 떨어질 때,
겨울의 기나긴 밤,
어머님하고 둘이 앉아
옛이야기 들어라.

나는 어쩌면 생겨 나와
이 이야기 듣는가?
묻지도 말아라, 내일來日 날에
내가 부모父母 되어서 알아보랴?

# 잊었던 맘

집을 떠나 먼 저곳에
외로이도 다니던 내 심사心事를!
바람 불어 봄꽃이 필 때에는,
어찌타 그대는 또 왔는가,
저도 잊고 나니 저 모르던 그대
어찌하여 옛날의 꿈조차 함께 오는가.
쓸데도 없이 서럽게만 오고 가는 맘.

# 봄비

어룰없이* 지는 꽃은 가는 봄인데
어룰없이 오는 비에 봄은 울어라.
서럽다, 이 나의 가슴속에는!
보라, 높은 구름, 나무의 푸릇한 가지.
그러나 해 늦으니 어스름인가.
애달피 고운 비는 그어 오지만
내 몸은 꽃자리에 주저앉아 우노라.

# 비단안개

눈들이 비단안개에 둘리울 때,
그때는 차마 잊지 못할 때러라.*
만나서 울던 때도 그런 날이요,
그리워 미친 날도 그런 때러라.

눈들이 비단안개에 둘리울 때,
그때는 홀목숨*은 못살 때러라.
눈풀리는 가지에 당치맛귀*로
젊은 계집 목매고 달릴 때러라.

눈들이 비단안개에 둘리울 때,
그때는 종달새 솟을 때러라.
들에랴, 바다에랴, 하늘에서랴,
아지 못할 무엇에 취醉할 때러라.

눈들이 비단안개에 둘리울 때,
그때는 차마 잊지 못할 때러라.
첫사랑 있던 때도 그런 날이요,
영이별 있던 날도 그런 때러라.

# 기억 記憶

달 아래 싀멋없이* 섰던 그 여자,
서 있던 그 여자女子의 해쓱한 얼굴,
해쓱한 그 얼굴 적이* 파릇함.
다시금 실 뻗듯한 가지 아래서
시커먼 머릿길*은 번쩍거리며.
다시금 하룻밤의 식는 강江물을,
평양平壤의 긴 단장*은 슷고* 가던 때.
오오 그 싀멋없이 섰던 여자女子여!

그립다 그 한밤을 내게 가깝던
그대여 꿈이 깊던 그 한동안을
슬픔에 귀여움에 다시 사랑의
눈물에 우리 몸이 맡기었던 때.
다시금 고즈넉한 성城밖 골목의
사월四月의 늦어가는 뜬눈의 밤을
한두 개 등燈불 빛은 울어새던 때.
오오 그 싀멋없이 섰던 여자女子여!

# 그를 꿈꾼 밤

야밤중* 불빛이 발갛게
어렴풋이 보여라.

들리는 듯, 마는 듯,
발자국 소리.
스러져가는 발자국 소리.

아무리 혼자 누워 몸을 뒤채도*
잃어버린 잠은 다시 안 와라.

야밤중, 불빛이 발갛게
어렴풋이 보여라.

# 서울 밤

붉은 전등電燈.
푸른 전등電燈.
넓다란 거리면 푸른 전등電燈.
막다른 골목이면 붉은 전등電燈.
전등電燈은 반짝입니다.
전등電燈은 그무립니다.*
전등電燈은 또다시 어스렷합니다.*
전등電燈은 죽은 듯한 긴 밤을 지킵니다.

나의 가슴의 속모를 곳의
어둡고 밝은 그 속에서도
붉은 전등電燈이 흐득여* 웁니다.
푸른 전등電燈이 흐득여 웁니다.

붉은 전등電燈.
푸른 전등電燈.
머나먼 밤하늘은 새카맙니다.
머나먼 밤하늘은 새카맙니다.

서울 거리가 좋다고 해요,
서울 밤이 좋다고 해요.
붉은 전등電燈.
푸른 전등電燈.
나의 가슴의 속모를 곳의
푸른 전등電燈은 고적합니다.
붉은 전등電燈은 고적합니다.

# 가을 아침에

아득한 퍼스렷한* 하늘 아래서
회색灰色의 지붕들은 번쩍거리며,
성깃한 섭나무*의 드문 수풀을
바람은 오다가다 울며 만날 때,
보일락말락하는 멧골*에서는
안개가 어스러히 흘러 쌓여라.

아아 이는 찬비 온 새벽이러라.
냇물도 잎새 아래 얼어붙누나.
눈물에 쌓여 오는 모든 기억記憶은
피흘린 상처傷處조차 아직 새로운
가주난* 아기같이 울며 서두는
내 영靈을 에워싸고 속살거려라.*

'그대의 가슴속이 가비엽던 날
그리운 그 한때는 언제였었노!'
아아 어루만지는 고운 그 소리
쓰라린 가슴에서 속살거리는,
미움도 부끄럼도 잊은 소리에,
끝없이 하염없이 나는 울어라.

# 여자 女子의 냄새

푸른 구름의 옷 입은 달의 냄새.
붉은 구름의 옷 입은 해의 냄새.
아니 땀냄새, 때묻은 냄새,
비에 맞아 추거운* 살과 옷 냄새.

푸른 바다…… 어즐이는* 배……
보드라운 그리운 어떤 목숨의
조그마한 푸릇한 그무러진* 영靈
어우러져* 비끼는 살의 아우성……

다시는 장사葬事* 지나간 숲속의 냄새.
유령幽靈 실은 널뛰는 뱃간의 냄새.
생고기의 바다의 냄새.
늦은 봄의 하늘을 떠도는 냄새.

모래둔덕 바람은 그물안개*를 불고
먼 거리의 불빛은 달저녁을 울어라.
냄새 많은 그 몸이 좋습니다.
냄새 많은 그 몸이 좋습니다.

# 가을 저녁에

물은 희고 길구나, 하늘보다도.
구름은 붉구나, 해보다도.
서럽다, 높아가는 긴 들 끝에
나는 떠돌며 울며 생각한다, 그대를.

그늘 깊어 오르는 발 앞으로
끝없이 나아가는 길은 앞으로.
키 높은 나무 아래로, 물마을은
성깃한* 가지가지 새로 떠오른다.

그 누가 온다고 한 언약言約도 없건마는!
기다려 볼 사람도 없건마는!
나는 오히려 못물가를 싸고 떠돈다.
그 못물로는 놀이 잦을* 때.

# 옛낯

생각의 끝에는 졸음이 오고
그리움의 끝에는 잊음이 오나니,
그대여, 말을 말아라, 이후後부터,
우리는 옛낯 없는 설움을 모르리.

# 꿈 2

꿈? 영靈의 헤적임.* 설움의 고향故鄕.
울자, 내 사랑, 꽃지고 저무는 봄.

# 낙천 樂天

살기에 이러한 세상이라고
맘을 그렇게나 먹어야지,
살기에 이러한 세상이라고,
꽃지고 잎진 가지에 바람이 운다.

# 눈

새하얀 흰 눈, 가비얍게 밟을 눈,
재 같아서 날릴 듯 꺼질 듯한 눈,
바람엔 흩어져도 불길에야 녹을 눈.
계집의 마음. 님의 마음.

# 남의 나라 땅

돌아다보이는 무쇠다리
얼결에 뛰어 건너서서
숨그르고 발놓는 남의 나라 땅.

# 천리 만리 千里萬里

말리지 못할만치 몸부림하며
마치 천리만리千里萬里나 가고도 싶은
맘이라고나 하여 볼까.
한 줄기 쏜살같이 뻗은 이 길로
줄곧 치달아 올라가면
불붙는 산山의, 불붙는 산山의
연기煙氣는 한두 줄기 피어올라라.

# 어인 漁人

헛된 줄 모르고나 살면 좋아도!
오늘도 저넘에편便 마을에서는
고기잡이 배 한 척 길 떠났다고.
작년昨年에도 바닷놀이 무서웠건만.

# 생生과 사死

살았대나 죽었대나 같은 말을 가지고
사람은 살아서 늙어서야 죽나니,
그러하면 그 역시 그럴듯도 한 일을,
하필코 내 몸이라 그 무엇이 어째서
오늘도 산山마루에 올라서서 우느냐.

# 황촉黃燭불<sup>*</sup>

황촉黃燭불, 그저도 까맣게
스러져가는 푸른 창窓을 기대고
소리조차 없는 흰 밤에,
나는 혼자 거울에 얼굴을 묻고
뜻없이 생각없이 들여다보노라.
나는 이르노니, '우리 사람들
첫날밤은 꿈속으로 보내고
죽음은 조는 동안에 와서,
별別 좋은 일도 없이 스러지고 말아라.'

# 맘에 있는 말이라고 다 할까보냐

하소연하며 한숨을 지으며
세상을 괴로워하는 사람들이여!
말을 나쁘지 않도록 좋이 꾸밈은
닳아진 이 세상의 버릇이라고, 오오 그대들!
맘에 있는 말이라고 다 할까보냐.
두세 번 생각하라, 위선* 그것이
저부터 밑지고 들어가는 장사일진댄.
사는 법法이 근심은 못 가른다고,
남의 설움을 남은 몰라라.
말마라, 세상, 세상 사람은
세상의 좋은 이름 좋은 말로써
한 사람을 속옷마저 벗긴 뒤에는
그를 네 길거리에 세워 놓아라, 장승도 마치 한가지.
이 무슨 일이냐, 그날로부터,
세상 사람들은 제각금* 제 비위脾胃*의 헐한 값으로
그의 몸값을 매마쟈고* 덤벼들어라.
오오 그러면, 그대들은 이후에라도
하늘을 우러르라, 그저 혼자, 섧거나 괴롭거나.

# 진달래꽃

나 보기가 역겨워
기실 때에는
말없이 고이 보내드리우리다

영변寧邊에 약산藥山
진달래꽃
아름따다 가실 길에 뿌리우리다

가시는 걸음걸음
놓인 그 꽃을
사뿐히 즈려밟고 가시옵소서

나 보기가 역겨워
가실 때에는
죽어도 아니 눈물 흘리우리다

# 나의 집

들가에 떨어져 나가 앉은 멧기슭*의
넓은 바다의 물가 뒤에,
나는 지으리, 나의 집을,
다시금 큰길을 앞에다 두고.
길로 지나가는 그 사람들은
제각금 떨어져서 혼자 가는 길.
하이얀 여울턱에 날은 저물 때.
나는 문간에 서서 기다리리
새벽 새가 울며 지새는 그늘로
세상은 희게, 또는 고요하게,
번쩍이며 오늘 아침부터.
지나가는 길손을 눈여겨보며,
그대인가고,* 그대인가고.

# 여름의 달밤

서늘하고 달밝은 여름밤이여
구름조차 희미한 여름밤이여
그지없이 거룩한 하늘로써는*
젊음의 붉은 이슬 젖어나려라.

행복幸福의 맘이 도는 높은 가지의
아슬아슬 그늘 잎새를
배불러 기어도는 어린 벌레도
아아 모든 물결은 복福받았어라.

뻗어뻗어 오르는 가시덩굴도
희미하게 흐르는 푸른 달빛이
기름 같은 연기에 멱감을러라.*
아아 너무 좋아서 잠 못 들어라.

우긋한 풀대들은 춤을 추면서
갈잎들은 그윽한 노래 부를 때.
오오 내려 흔드는 달빛 가운데
나타나는 영원永遠을 말로 새겨라.

자라는 물벼이삭 벌에서 불고
마을로 은銀슷듯이* 오는 바람은
눅잣추는* 향기香氣를 두고 가는데
인가人家들은 잠들어 고요하여라.

하루종일 일하신 아기 아버지
농부農夫들도 편안히 잠들었어라.
영기슭의 어득한 그늘 속에선
쇠스랑과 호미뿐 빛이 피어라.

이윽고 식새리*의 우는 소리는
밤이 들어가면서 더욱 잦을 때
나락밭 가운데의 우물 가에는
농녀農女의 그림자가 아직 있어라.

달빛은 그무리며* 넓은 우주宇宙에
잃어졌다 나오는 푸른 별이요.
식새리의 울음의 넘는 곡조曲調요.

아아 기쁨 가득한 여름밤이여.

삼간집에 불붙는 젊은 목숨의
정열情熱에 목맺히는 우리 청춘靑春은
서느러운 여름밤 잎새 아래의
희미한 달빛 속에 나부끼어라.

한때의 자랑 많은 우리들이여
농촌農村에서 지내는 여름보다도
여름의 달밤보다 더 좋은 것이
인간人間에 이 세상에 다시 있으랴.

조그만 괴로움도 내어버리고
고요한 가운데서 귀기울이며
흰달의 금물결에 노를 저어라
푸른밤의 하늘로 목을 놓아라.

아아 찬양讚揚하여라 좋은 한때를,
흘러가는 목숨을 많은 행복幸福을.

여름의 어스러한 달밤 속에서
꿈같은 즐거움의 눈물 흘러라.

# 바리운 몸*

꿈에 울고 일어나
들에
나와라.

들에는 소슬비
머구리*는 울어라.
풀 그늘 어두운데

뒷짐지고 땅 보며 머뭇거릴 때.

누가 반딧불 꾀어드는* 수풀 속에서
'간다 잘 살어라' 하며, 노래불러라.

# 새벽

낙엽落葉이 발이 숨는 못물가에
우뚝우뚝한 나무그림자
물빛조차 어슴프러이 떠오르는데,
나 혼자 섰노라, 아직도 아직도,
동東녘 하늘은 어두운가.
천인天人에도 사랑눈물, 구름되어,
외로운 꿈의 베개 흐렸는가.
나의 님이여, 그러나 그러나
고이도 붉그스레 물질러 와라
하늘 밟고 저녁에 섰는 구름.
반달은 중천中天에 지새일 때.

# 물마름

주으린 새무리는 마른 나무의
해지는 가지에서 재갈이던* 때.
온종일 흐르던 물 그도 곤困하여
놀지는 골짜기에 목이 메던 때.

그 누가 알았으랴 한쪽 구름도
걸려서 흐득이는 외로운 영嶺을
숨차게 올라서는 여윈 길손이
달고 쓴 맛이라면 다 겪은 줄을.

그곳이 어디더냐 남이장군南怡將軍*이
말멕여 물 찌었던* 푸른 강江물이
지금에 다시 흘러 뚝을 넘치는
천백리千百里 두만강豆滿江이 예서 백십리百十里.

무산茂山*의 큰 고개가 예가 아니냐
누구나 예로부터 의義를 위하여
싸우다 못 이기면 몸을 숨겨서
한때의 못난이가 되는 법이라.

그 누가 생각하랴 삼백년래三百年來에
차마 받지 다 못할 한恨과 모욕侮辱을
못 이겨 칼을 잡고 일어섰다가
인력人力의 다함에서 스러진 줄을.

부러진 대쪽으로 활을 메우고
녹슬은 호미쇠로 칼을 벼려서
도독荼毒된* 삼천리三千里에 북을 울리며
정의正義의 기旗를 들던 그 사람이여.

그 누가 기억記憶하랴 다북동荼北洞*에서
피물든 옷을 입고 외치던 일을
정주성定州城* 하룻밤의 지는 달빛에
애끊친 그 가슴이 숫기 된 줄을.

물 위의 뜬 마름에 아침 이슬을
불붙는 산山마루에 피었던 꽃을
지금에 우러르며 나는 우노라

이루며 못 이룸에 박薄한 이름을.

# 바라건대는 우리에게
# 우리의 보습대일 땅이 있었더면

나는 꿈꾸었노라, 동무들과 내가 가지런히
벌가의 하루 일을 다 마치고
석양夕陽에 마을로 돌아오는 꿈을,
즐거이, 꿈 가운데.

그러나 집 잃은 내 몸이여,
바라건대는 우리에게 우리의 보습대일 땅이 있었더면!
이처럼 떠돌으랴, 아침에 저물손에*
새라새로운 탄식嘆息을 얻으면서.

동東이랴, 남북南北이랴,
내 몸은 떠가나니, 볼지어다,
희망希望의 반짝임은, 별빛이 아득임은.
물결뿐 떠올라라, 가슴에 팔다리에.

그러나 어쩌면 황송한 이 심정心情을! 날로 나날이 내 앞에는
자칫 가늘은 길이 이어가라. 나는 나아가리라
한 걸음, 또 한 걸음. 보이는 산山비탈엔
온 새벽 동무들 저저* 혼자…… 산경山耕을 김매이는.

# 밭고랑 위에서

우리 두 사람은
키 높이 가득 자란 보리밭, 밭고랑 위에 앉았어라.
일을 필畢하고 쉬이는 동안의 기쁨이여.
지금 두 사람의 이야기에는 꽃이 필 때.

오오 빛나는 태양太陽은 나려쪼이며
새무리들도 즐거운 노래, 노래불러라.
오오 은혜恩惠여, 살아 있는 몸에는 넘치는 은혜恩惠여,
모든 은근스러움이 우리의 맘속을 차지하여라.

세계의 끝은 어디? 자애慈愛의 하늘은 넓게도 덮였는데,
우리 두 사람은 일하며, 살아 있어서,
하늘과 태양太陽을 바라보아라, 날마다 날마다도,
새라새로운 환희歡喜를 지어내며, 늘 같은 땅 위에서.

다시 한 번 활기活氣있게 웃고 나서, 우리 두 사람은
바람에 일리우는 보리밭 속으로
호미 들고 들어갔어라, 가즈런히 가즈런히,
걸어 나아가는 기쁨이여, 오오 생명生命의 향상向上이여.

# 저녁때

마소*의 무리와 사람들은 돌아들고, 적적寂寂히* 빈 들에,
엉머구리* 소리 우거져라.
푸른 하늘은 더욱 낫추,* 먼 산山비탈길 어둔데
우뚝우뚝한 드높은 나무, 잘 새도 깃들어라.

볼수록 넓은 벌의
물빛을 물끄러미 들여다보며
고개 수그리고 박은 듯이 홀로 서서
긴 한숨을 짓느냐. 왜 이다지!

온 것을 아주 잊었어라, 깊은 밤 예서* 함께
몸이 생각에 가비엽고, 맘이 더 높이 떠오를 때.
문득, 멀지 않은 갈숲 새*로
별빛이 솟구어라.

# 열락 悅樂

어둡게 깊게 목메인 하늘.
꿈의 품속으로서 굴러 나오는
애달피 잠 안 오는 유령幽靈의 눈결.
그림자 검은 개버드나무에
쏟아져 나리는 비의 줄기는
흐느껴 비끼는 주문呪文의 소리.

시커먼 머리채 풀어 헤치고
아우성하면서 가시는 따님.
헐벗은 벌레들은 꿈틀릴 때,
흑혈黑血의 바다. 고목동굴枯木洞窟.
탁목조啄木鳥의
쪼아리는 소리, 쪼아리는 소리.

# 무덤

그 누가 나를 헤내는* 부르는 소리.
불그스름한 언덕, 여기저기
돌무더기도 움직이며, 달빛에,
소리만 남은 노래 서리워* 엉겨라,
옛 조상祖上들의 기록記錄을 묻어둔 그곳!
나는 두루 찾노라, 그곳에서,
형적 없는* 노래 흘러 퍼져,
그림자 가득한 언덕으로 여기저기,
그 누구가 나를 헤내는 부르는 소리.
부르는 소리, 부르는 소리,
내 넋을 잡아 끌어 헤내는 부르는 소리.

# 초혼 招魂

산산이 부서진 이름이여!
허공중虛空中에 헤어진 이름이여!
불러도 주인主人 없는 이름이여!
부르다가 내가 죽을 이름이여!

심중心中에 남아 있는 말 한마디는
끝끝내 마저 하지 못하였구나.
사랑하던 그 사람이여!
사랑하던 그 사람이여!

붉은 해는 서산西山 마루에 걸리었다.
사슴이의 무리도 슬피 운다.
떨어져 나가 앉은 산山 위에서
나는 그대의 이름을 부르노라.

설움에 겹도록 부르노라.
설움에 겹도록 부르노라.
부르는 소리는 비껴 가지만
하늘과 땅 사이가 너무 넓구나.

선 채로 이 자리에 돌이 되어도
부르다가 내가 죽을 이름이여!
사랑하던 그 사람이여!
사랑하던 그 사람이여!

# 찬 저녁

퍼르스레한 달은, 성황당의
군데군데 헐어진 담 모도리*에
우둑히 걸리었고, 바위 위의
까마귀 한 쌍, 바람에 나래를 펴라.

엉기한 무덤들은 들먹거리며,
눈 녹아 황토黃土 드러난 멧기슭의,
여기라, 거리 불빛도 떨어져나와,
집짓고 들었노라, 오오 가슴이여

세상은 무덤보다도 다시 멀고
눈물은 물보다 더 더움이 없어라.
오오 가슴이여, 모닥불 피어오르는
내 한세상, 마당가의 가을도 갔어라.

그러나 나는, 오히려 나는
소리를 들어라, 눈석이물*이 씨거리는*
땅 위에 누워서, 밤마다 누워,
담 모도리*에 걸린 달을 내가 또 봄으로.

# 여수 旅愁

**1**

유월六月 어스름 때의 빗줄기는
암황색暗黃色의 시골屍骨* 묶어 세운 듯,
뜨며 흐르며 잠기는 손의 널쪽은
지향도 없어라, 단청丹靑의 홍문紅門!*

**2**

저 오늘도 그리운 바다,
건너다보자니 눈물겨워라!
조그마한 보드라운 그 옛적 심정心情의
분결 같던 그대의 손의
사시나무보다도 더한 아픔이
내 몸을 에워싸고 휘떨며 찔러라,
나서 자란 고향故鄕의 해돋는 바다요.

# 길

어제도 하룻밤
나그네 집에
까마귀 가왁가왁 울며 새었소.

오늘은
또 몇 십리十里
어디로 갈까.

산山으로 올라갈까
들로 갈까
오라는 곳이 없어 나는 못 가오.

말마소 내 집도
정주곽산定州郭山*
차車 가고 배 가는 곳이라오.

여보소 공중에
저 기러기
공중엔 길 있어서 잘 가는가?

여보소 공중에
저 기러기
열 십자+字 복판에 내가 섰소.

갈래갈래 갈린 길
길이라도
내가 바이 갈 길은 하나 없소.

# 개여울

당신은 무슨 일로
그리합니까?
홀로이 개여울에 주저앉아서

파릇한 풀포기가
돋아 나오고
잔물은 봄바람에 해적일 때에

가도 아주 가지는
않노라시던
그러한 약속約束이 있었겠지요

날마다 개여울에
나와 앉아서
하염없이 무엇을 생각합니다

가도 아주 가지는
않노라심은*
굳이 잊지 말라는 부탁인지요

# 가는 길

그립다
말을 할까
하니 그리워

그냥 갈까
그래도
다시 더 한 번……

저 산山에도 까마귀, 들에 까마귀,
서산西山에는 해진다고
지저귑니다.

앞 강江물, 뒷 강江물,
흐르는 물은
어서 따라 오라고 따라 가자고
흘러도 연달아* 흐릅디다려.*

# 삭주구성 朔州龜城

물로 사흘 배 사흘
먼 삼천리三千里
더더구나 걸어 넘는 먼 삼천리三千里
삭주구성朔州龜城은 산山을 넘은 육천리六千里요

물 맞아 함빡이 젖은 제비도
가다가 비에 걸려 오노랍니다
저녁에는 높은 산山
밤에 높은 산山

삭주구성朔州龜城은 산山 넘어
먼 육천리六千里
가끔가끔 꿈에는 사오천리四五千里
가다오다 돌아오는 길이겠지요

서로 떠난 몸이길래 몸이 그리워
님을 둔 곳이길래 곳이 그리워
못 보았소 새들도 집이 그리워
남북南北으로 오며가며 아니합디까

들 끝에 날아가는 나는 구름은
밤쯤은 어디 바로 가 있을 텐고
삭주구성朔州龜城은 산山 넘어
먼 육천리六千里

# 왕십리往十里

비가 온다
오누나
오는 비는
올지라도 한 닷새 왔으면 좋지.

여드레 스무날엔
온다고 하고
초하루 삭망朔望*이면 간다고 했지.
가도 가도 왕십리往十里 비가 오네.

웬걸, 저 새야
울랴거든
왕십리往十里 건너가서 울어나다고,
비맞아 나른해서 벌새가 운다.

천안天安에 삼거리 실버들도
촉촉히 젖어서 늘어졌다데.
비가 와도 한 닷새 왔으면 좋지.
구름도 산山마루에 걸려서 운다.

# 산<sub>山</sub>


산山새도 오리나무
위에서 운다
산山새는 왜 우노, 시메산山골*
영嶺넘어 갈라고 그래서 울지.

눈은 내리네, 와서 덮이네.
오늘도 하룻길
칠팔십리七八十里
돌아서서 육십리六十里는 가기도 했소.

불귀不歸, 불귀不歸, 다시 불귀不歸,
삼수갑산三水甲山*에 다시 불귀不歸.
사나이 속이라 잊으련만,
십오년十五年 정분을 못잊겠네.

산山에는 오는 눈, 들에는 녹는 눈.
산山새도 오리나무
위에서 운다.
삼수갑산三水甲山 가는 길은 고개의 길.

# 널

성촌城村의 아가씨들
널 뛰누나
초파일날이라고
널을 뛰지요

바람 불어요
바람이 분다고!
담 안에는 수양垂楊의 버드나무
채색彩色줄 층층層層그네 매지를 말아요

담 밖에는 수양垂楊의 늘어진 가지
늘어진 가지는
오오 누나!
휘젓이 늘어져서 그늘이 깊소.

좋다 봄날은
몸에 겹지*
널뛰는 성촌城村의 아가씨들
널은 사랑의 버릇이라오

# 접동새


접동
접동
아우래비* 접동

진두강津頭江* 가람가에 살던 누나는
진두강津頭江 앞마을에
와서 웁니다

옛날, 우리나라
먼 뒤쪽의
진두강津頭江 가람가에 살던 누나는
의붓어미 시샘에 죽었습니다

누나라고 불러보랴
오오 불설워*
시새움에 몸이 죽은 우리 누나는
죽어서 접동새가 되었습니다

아홉이나 남아 되던 오랩동생*을

죽어서도 못 잊어 차마 못 잊어
야삼경夜三更* 남 다 자는 밤이 깊으면
이 산山 저 산山 옮아가며 슬피 웁니다.

# 춘향<sub>春香</sub>과 이도령<sub>李道令</sub>


평양平壤에 대동강大同江은
우리나라에
곱기로 으뜸가는 가람이지요

삼천리三千里 가다가다 한가운데는
우뚝한 삼각산三角山이
솟기도 했소

그래 옳소 내 누님, 오오 누이님
우리나라 섬기던 한 옛적에는
춘향春香과 이도령李道令도 살았다지요

이편에는 함양咸陽, 저편에는 담양潭陽,
꿈에는 가끔가끔 산山을 넘어
오작교烏鵲橋 찾아찾아 가기도 했소

그래 옳소 누이님 오오 내 누님
해 돋고 달 돋아 남원南原 땅에는
성춘향成春香 아가씨가 살았다지요

# 산유화 山有花

산山에는 꽃 피네
꽃이 피네
갈* 봄 여름 없이
꽃이 피네

산山에
산山에
피는 꽃은
저만치 혼자서 피어 있네

산山에서 우는 작은 새요
꽃이 좋아
산山에서
사노라네

산山에는 꽃 지네
꽃이 지네
갈 봄 여름 없이
꽃이 지네

# 집 생각

산山에나 올라서서
바다를 보라
사면四面에 백百열리里, 창파滄波* 중에
객선客船만 둥둥…… 떠나간다.

명산대찰名山大刹이 그 어디메냐
향안香案,* 향탑香榻,* 대그릇에,
석양夕陽이 산山머리 넘어가고
사면四面에 백百열리里, 물소리라

'젊어서 꽃 같은 오늘날로
금의錦衣로 환고향還故鄉*하옵소사.'
객선客船만 둥둥…… 떠나간다
사면四面에 백百열리里, 나 어찌 갈까

까투리*도 산山 속에 새끼치고
타관만리他關萬里에 와 있노라고
산중山中만 바라보며 목메인다
눈물이 앞을 가리운다고

들에나 나려오면
치어다 보라
해님과 달님이 넘나든 고개
구름만 첩첩*…… 떠돌아간다

# 부귀공명 <sub>富貴功名</sub>

거울 들어 마주온 내 얼굴을
좀더 미리부터 알았던들!
늙는 날 죽는 날을
사람은 다 모르고 사는 탓에,
오오 오직 이것이 참이라면,
그러나 내 세상이 어디인지?
지금부터 두여덟* 좋은 연광年光
다시 와서 내게도 있을 말로
전前보다 좀더 전前보다 좀더
살음즉이* 살는지 모르련만
거울 들어 마주온 내 얼굴을
좀더 미리부터 알았던들!

# 무신 無信

그대가 돌이켜 물을 줄도 내가 아노라,
'무엇이 무신無信한이 있더냐?' 하고,
그러나 무엇하랴 오늘날은
야속히도 당장에 우리 눈으로
볼 수 없는 그것을, 물과 같이
흘러가서 없어진 맘이라고 하면.

검은 구름은 멧기슭에서 어정거리며,
애처롭게도 우는 산山의 사슴이
내 품에 속속들이 붙안기는 듯.
그러나 밀물도 쎄이고 밤은 어두워
닻 주었던 자리는 알 길이 없어라.
시정市井의 흥정 일은
외상外上으로 주고받기도 하건마는.

# 하다못해 죽어달래가 옳나

아주 나는 바랄 것 더 없노라
빛이랴 허공이랴,
소리만 남은 내 노래를
바람에나 띄워서 보낼밖에.
하다못해 죽어달래가 옳나
좀더 높은 데서나 보았으면!

한세상 다 살아도
살은 뒤 없을 것을,
내가 다 아노라 지금까지
살아서 이만큼 자랐으니.
예전에 지내 본 모든 일을
살았다고 이를 수 있을진댄!

물가의 닳아져 널린 굴꺼풀*에
붉은 가시덤불 뻗어 늙고
어득어득* 저문 날을
비바람에 울지는* 돌무더기
하다못해 죽어달래가 옳나

밤의 고요한 때라도 지켰으면!

# 꿈길

물구슬의 봄 새벽 아득한 길
하늘이며 들 사이에 넓은 숲
젖은 향기香氣 불긋한 잎 위의 길
실그물의 바람 비쳐 젖은 숲
나는 걸어가노라 이러한 길
밤저녁의 그늘진 그대의 꿈
흔들리는 다리 위 무지개 길
바람조차 가을 봄 거츠는* 꿈

# 사노라면 사람은 죽는 것을

하루에도 몇 번씩 내 생각은
내가 무엇하랴고 살랴는지?
모르고 살았노라, 그럴 말로
그러나 흐르는 저 냇물이
흘러가서 바다로 든댈진댄.
일로조차 그러면 이 내 몸은
애쓴다고는 말부터 잊으리라.
사노라면 사람은 죽는 것을
그러나, 다시 내 몸,
봄빛의 불붙는 사태흙에
집짓는 저 개아미
나도 살려 하노라, 그와 같이
사는 날 그날까지
살음에 즐거워서
사는 것이 사람의 본뜻이면
오오 그러면 내 몸에는
다시는 애쓸 일도 더 없어라
사노라면 사람은 죽는 것을.

# 희망 希望

날은 저물고 눈이 나려라
낯설은 물가으로 내가 왔을 때.
산山 속의 올빼미 울고 울며
떨어진 잎들은 눈 아래로 깔려라.

아아 숙살肅殺스러운* 풍경風景이여
지혜智慧의 눈물을 내가 얻을 때!
이제금 알기는 알았건마는!
이 세상 모든 것을
한갓 아름다운 눈얼림의
그림자뿐인 줄을.
이울어 향기香氣 깊은 가을밤에
우무주러진* 나무 그림자
바람과 비가 우는 낙엽落葉 위에.

# 나는 세상 모르고 살았노라

'가고 오지 못한다' 는 말을
철없던 내 귀로 들었노라.
만수산萬壽山*을 나서서
옛날에 갈라선 그 내 님도
오늘날 뵈올 수 있었으면.

나는 세상 모르고 살았노라,
고락苦樂에 겨운 입술로는
같은 말도 조금 더 영리하게
말하게도 지금은 되었건만.
오히려 세상 모르고 살았으면!

'돌아서면 무심타' 는 말이
그 무슨 뜻인 줄을 알았으랴.
제석산帝昔山* 붙는 불은
옛날에 갈라선 그 내 님의
무덤의 풀이라도 태웠으면!

# 금<sub>金</sub>잔디

잔디,
잔디,
금잔디.
심심산천深深山川에 붙는 불은
가신 님 무덤가에 금잔디.
봄이 왔네, 봄빛이 왔네.
버드나무 끝에도 실가지에.
봄빛이 왔네, 봄날이 왔네,
심심산천深深山川에도 금잔디에.

# 강촌江村

날 저물고 돋는 달에
흰 물은 쏼쏼……
금모래 반짝……
청靑노새* 몰고 가는 낭군郞君!
여기는 강촌江村
강촌江村에 내 몸은 홀로 사네.
말하자면, 나도 나도
늦은봄 오늘이 다 진盡토록
백년처권百年妻眷*을 울고 가네.
길세 저문* 나는 선비,
당신은 강촌江村에 홀로된 몸.

# 엄마야 누나야

엄마야 누나야 강변江邊 살자.
뜰에는 반짝이는 금金모랫빛,
뒷문門 밖에는 갈잎의 노래
엄마야 누나야 강변江邊 살자.

# 그리워

봄이 다 가기 전,
이 꽃이 다 흩기 전
그린 님 오실까구
뜨는 해 지기 전에.

엷게 흰 안개 새에
바람은 무겹거니,
밤샌 달 지는 양자,
어제와 그리 같이,

붙일 길 없는 맘세,
그린 님 언제 뵐련,
우는 새 다음 소린,
늘 함께 듣사오면.

# 야夜의 우적雨滴

어데로 돌아가랴,
나의 신세는,
내 신세 가엾이도
물과 같아라.

험구진 산막지면
돌아서 가고,
모지른 바위이면
넘쳐 흐르랴.

그러나 그리해도
헤날 길 없어,
가엾은 설움만은
가슴 눌러라.

그 아마 그도 같이
야夜의 우적雨滴,
그같이 지향없이
헤매임이라.

# 공원 公園 의 밤

백양가지에 우는 전등은 깊은 밤의 못물에
어렷하기도 하며 어득하기도 하여라.
어둡게 또는 소리없이 가늘게
줄줄의 버드나무에서는 비가 쌓일 때.

푸른 그늘은 낮은 듯이 보이는 긴 잎 아래로
마주 앉아 고요히 내려깔리던 그 보드라운 눈길!
인제, 검은 내는 떠돌아올라 비구름이 되어라
아아 나는 우노라 '그 옛적의 내 사람!'

# 장별리 <sub>將別里</sub>

연분홍 저고리, 빨간 불붙은
평양平壤에도 이름 높은 장별리將別里
금金실 은銀실의 가는 비는
비스듬히도 내리네, 뿌리네.

털털한 배암무늬 돋은 양산洋傘에
내리는 가는 비는
위에나 아래나 내리네, 뿌리네.

흐르는 대동강大同江, 한복판에
울며돌던 벌새의 떼무리,
당신과 이별離別하던 한복판에
비는 쉴틈도 없이 내리네, 뿌리네.

# 가는 봄 삼월<sub>三月</sub>

가는 봄 삼월三月, 삼월三月은 삼질
강남江南 제비도 안 잊고 왔는데.
아무렴은요
설게 이때는 못 잊게, 그리워.

잊으시기야, 했으랴, 하마 어느새,
님 부르는 꾀꼬리 소리.
울고 싶은 바람은 점도록 부는데
설리도 이때는
가는 봄 삼월三月, 삼월三月은 삼질.

# 꿈자리

　오오, 내 님이여? 당신이 내게 주시려고 간 곳마다 이 자리를 깔아 놓아 두시지 않으셨어요. 그렇겠어요 확실히 그러신 줄을 알겠어요. 간 곳마다 저는 당신이 펴놓아 주신 이 자리 속에서 항상 살게 되므로 당신이 미리 그러신 줄을 제가 알았어요.

　오오 내 님이여! 당신이 깔아놓아 주신 이 자리는 맑은 못 밑과 같이 고조곤도 하고 아늑도 했어요. 홈싹홈싹 숨치우는 보드라운 모래 바닥과 같은 긴 길이, 항상 외롭고 힘없는 저의 발길을 그리운 당신한테로 인도하여 주겠지요. 그러나 내 님이여! 밤은 어둡구요 찬바람도 불겠지요. 닭은 울었어도 여태도록 빛나는 새벽은 오지 않겠지요. 오오 제 몸에 힘되시는 내 그리운 님이여! 외롭고 힘없는 저를 부둥켜안으시고 영원히 당신의 믿음성스러운 그 품속에서 저를 잠들게 하여 주셔요.

　당신이 깔아놓아 주신 이 자리는 외롭고 쓸쓸합니다마는, 제가 이 자리 속에서 잠자고 놀고 당신만을 생각할 그때에는 아무러한 두려움도 없고 괴로움도 잊어버려지고 마는데요.

　그러면 님이여! 저는 이 자리에서 종신토록 살겠어요.

　오오 내 님이여! 당신은 하루라도 저를 이 세상에 더 묵게 하시려고 이 자리를 간 곳마다 깔아놓아 두셨어요. 집 없고 고단한 제 몸의 종적을 불쌍히 생각하셔서 검소한 이 자리를 간 곳마다 제 소유로

장만하여 주셨어요. 그리고 또 당신은 제 엷은 목숨의 줄을 온전히 붙잡아 주시고 외로이 일생을 제가 위험 없는 이 자리 속에 살게 하여 주셨어요.

오오 그러면 내 님이여! 끝끝내 저를 이 자리 속에 두어 주셔요. 당신이 손수 당신의 그 힘되고 믿음성부른 품속에다 고요히 저를 잠들려 주시고 저를 또 이 자리 속에 당신이 손수 묻어 주셔요.

# 눈물이 쉬루르 흘러납니다

눈물이 수르르 흘러납니다,
당신이 하도 못 잊게 그리워서
그리 눈물이 수르르 흘러납니다.

잊히지도 않는 그 사람은
아주나 내버린 것이 아닌데도,
눈물이 수르르 흘러납니다.

가뜩이나 설운 맘이
떠나지 못할 운運에 떠난 것도 같아서
생각하면 눈물이 수루르 흘러납니다.

# 돈과 밥과 맘과 들

1

얼굴이면 거울에 비추어도 보지만 하루에도 몇 번씩 비추어도 보지만 어쩌랴 그대여 우리들의 뜻 같은 백白을 산들 한 번을 비출 곳이 있으랴

2

밥먹다 죽었으면 그만일 것을 가지고

잠자다 죽었으면 그만일 것을 가지고 서로가락 그렇지 어쩌면 우리는 툭하면 제 몸만을 내세우려 하더냐 호미 잡고 들에 나려서 곡식이나 기르자

3

순직한 사람은 죽어 하늘 나라에 가고

모질던 사람은 죽어 지옥 간다고 하여라

우리네 사람들아 그뿐 알아둘진댄 아무런 괴로움도 다시없이 살 것을 머리 수그리고 앉았던 그대는

다시 '돈!' 하며 건넌 산山을 건너다보게 되누나

4

등잔불 그무러지고 닭소리는 잦은데
여태 자지 않고 있더냐 다심도 하지 그대 요밤 새면 내일 날이 또
있지 않우


5

사람아 나더러 말썽을 마소
거슬러 예는 물을 거스른다고
말하는 사람부터 어리석겠소

가노라 가노라 나는 가노라
내 성품 끄는 대로 나는 가노라
열두 길 물이라도 나는 가노라

달래어 아니 듣는 어린적 맘이
일러서 아니 듣는 오늘날 맘의
장본이 되는 줄을 몰랐더니

6
아니면 아니라고
말을 하오
소라도 움마 하고 울지 않소

기면 기라고라도
말을 하오
저울추는 한 곳에 놓인다오

기라고 한대서 기뻐 뛰고
아니라고 한대서 눈물 흘리고
단념하고 돌아설 내가 아니오

7
금전 반짝
은전 반짝
금전과 은전이 반짝반짝
여보오
서방님

그런 말 마오

넘어가요
넘어를 가요
두 손길 마주잡고 넘어나 가세

여보오
서방님
저기를 보오

엊저녁 넘던 산山마루에
꽃이 꽃이
피었구려

삼 년을 살아도
몇 삼 년을
잊지를 말라는 꽃이라오

그러나 세상은
내 집 길도
한 길이 아니고 열 갈래라

여보오 서방님 이 세상에
났다가 금전은 내 못 써도
당신 위해 천 냥은 쓰오리다

# 옷과 밥과 자유

공중에 떠다니는
저기 저 새요
네 몸에는 털 있고 깃이 있지.

밭에는 밭곡식
논에는 물벼
눌하게 익어서 수그러졌네!

초산楚山 지나 적유령狄踰嶺
넘어선다
짐 실은 저 나귀는 너 왜 넘니?

# 기회機會

강江 위에 다리는 놓였던 것을!
건너가지 않고서 저볏는 동안
'때' 의 거친 물결은 볼새도 없이
다리를 무너치고 흘렀습니다.

먼저 건넌 당신이 어서 오라고
그만큼 부르실 때 왜 못갔던가!
당신과 나는 그만 이편 저편서,
때때로 울며 바랄 뿐입니다려.

# 바닷가의 밤

한줌만 가느다란 좋은 허리는
품 안에 차츰차츰 졸아들 때는
지새는 겨울 새벽 춥게 든 잠이
어렴풋 깨일 때다 둘도 다 같이
사랑의 말로 못할 깊은 불안에
또 한끝 호주군한 엳은 몽상에.
바람은 쌔우친다 때에 바닷가
무서운 물소리는 잦 일어온다.
켱킨 여덟 팔다리 걷어채우며
산뜩히 서려 오는 머리칼이여.

사랑은 달큼하지 쓰고도 맵지.
햇가는 쓸쓸하고 밤은 어둡지.
한밤의 만난 우리 다 마찬가지
너는 꿈의 어머니 나는 아버지.
일시 일시 만났다 나뉘어 가는
곳 없는 몸 되기도 서로 같거든.
아아아 허수롭다 바로 사랑도
더욱여 허수롭다 살음은 말로.

아 이봐 그만 일자 창이 희었다.
슬픈 날은 도적같이 달려들었다.

# 상쾌爽快한 아침

무연한 벌 위에 들어다 놓은 듯한 이 집
또는 밤새에 어디서 어떻게 왔는지 아지 못할 이 비.
친개지親開地에도 봄은 와서, 가냘픈 빗줄은
뚝가의 아슴프레한 개버들 어린 엄도 축이고,
난벌에 파릇한 뉘집 파밭에도 뿌린다.
뒷 가시나무밭에 깃들인 까치떼 좋아 지껄이고
개울가에서 오리와 닭이 마주 앉아 깃을 다듬는다.
무연한 이 벌, 심어서 자라는 꽃도 없고 메꽃도 없고
이 비에 장차 이름 모를 들꽃이나 필는지?
장쾌壯快한 바닷물결, 또는 구릉丘陵의 미묘한 기복起伏도 없이
다만 되는 대로 되고 있는 대로 있는 무연한 벌!
그러나 나는 내버리지 않는다, 이 땅이 지금 쓸쓸타고,
나는 생각한다, 다시금, 시원한 빗발이 얼굴을 칠 때,
예서뿐 있을 앞날의 많은 변전變轉의 후에
이 땅이 우리의 손에서 아름다워질 것을! 아름다워질 것을!

# 고만두풀 노래를 가져 월탄月灘에게 드립니다

1
즌퍼리의 물가에
우거진 고만두
고만두풀 꺾으며
'고만두라' 합니다.

두 손길 맞잡고
우두커니 앉았소.
잔지르는 수심가愁心歌
'고만두라' 합니다.

슬그머니 일면서
'고만갑소' 하여도
앉은 대로 앉아서
'고만두고 맙시다' 고.

고만두 풀숲에
풀버러지 날을 때
둘이 잡고 번갈아

'고만두고 맙시다.'

2
'어찌하노 하다니'
중얼이는 혼잣말
나도 몰라 왔어라
입버릇이 된 줄을.

쉬일 때나 있으랴
생시生時엔들 꿈엔들
어찌하노 하다니
뒤채이는 생각을.

하지마는 '어쩌노'
중얼이는 혼잣말
바라나니 인간人間에
봄이 오는 어느날.

돋히어나 주고저

마른 나무 새 엄을,
두들거나 주고저
소리 잊은 내 북을.

# 팔베개 노래

첫날에 길동무
만나기 쉬운가
가다가 만나서
길동무 되지요.

가장家長님만 님이랴
정情들면 님이지
한평생平生 고락苦樂을
다짐둔 팔베개.

첫닭아 꼬꾸요
목놓지 말아라
내품에 안긴님
단꿈이 깰리라.

오늘은 하룻밤
단잠의 팔베개
내일來日은 상사相思의
거문고 베개라.

# 삼수갑산三水甲山
—차안서선생삼수갑산운次岸曙先生三水甲山韻

삼수갑산三水甲山 내 왜 왔노 삼수갑산이 어디뇨
오고 나니 기험奇險타 아하 물도 많고 산山 첩첩이라 아하하

내 고향을 도로 가자 내 고향을 내 못가네
삼수갑산三水甲山 멀더라 아하 촉도지난蜀道之難이 예로구나 아하하

삼수갑산三水甲山이 어디뇨 내가 오고 내 못가네
불귀不歸로다 내 고향 아하 새가 되면 떠가리라 아하하

님 계신 곳 내 고향을 내 못가네 내 못가네
오다 가다 야속타 아하 삼수갑산三水甲山이 날 가두었네 아하하

내 고향을 가고지고 오호 삼수갑산三水甲山이 날 가두었네
불귀不歸로다 내 몸이야 아하 삼수갑산三水甲山 못 벗어난다 아하하

조선朝鮮의 강산江山아
네그리 좁더냐
삼천리三千里 서도西道를
끝까지 왔노라.

집뒷산 솔버섯
다투던 동무야
어느뉘 가문家門에
시집을 갔느냐.

공중空中에 뜬새도
의지가 있건만
이 몸은 팔베개
뜬풀로 돌지요.

# 대수풀 노래[竹枝詞]

이는 유우석劉禹錫의 죽지사竹枝詞를 본本받음이니 모두 열 한편篇
이리. 그 말에 가다가다 야野한 점點이 있을는지는 몰라도 이 또한
제게 메운 격格이라 하리니 꽤 장고長鼓에 맞추며 춤에도 맞추어 노
래로 노래할 수 있으리로다.


1
왕검성王儉城 꿈에 잔디 돋고
모란봉牡丹峰 아래 물 맑았소.
서도西道 사람의 제 노래에
북관 각시네 우지 마소.


2
곱지서발을 해 올라와
봄철 안개는 스러져가
강江 위에 둥실 뜬 저 배는
서도西道 손님을 모신 배라.


3
저분네 잠깐 내 말 듣소

이 글자 한 장 전해주소
나 사는 집은 평양성중平壤城中
배다릿골로 찾아보소.


4
장산고지는 열두 고지
못 다닌다는 말도 있지
아하 산山 설고 물 설은데
나 누구 찾아 여기 왔니.


5
산에는 총총 복숭아꽃
산에는 총총 오야지꽃
구름장 아래 연기煙氣 뜬다
연기煙氣 뜬 데가 나 사는 곳.


6
가락지 쟁강하거든요
은銀봉채 쟁강하거든요

대동강大同江 십 리 나룻길에
물 길러 온 줄 자네 아소.


7

반半달 여울의 옅은 물에
여겼차 소리 연連잦을 때
금실 비단의 돛단배는
백일청천白日靑天에 어리었네.


8

강江물은 맑고 평탄한데
강江으로 오는 님의 노래
동東에 해 나고 서西에는 비
비오다 말고 해가 나네.


9

십리장림十里長林은 곳곳이 풀
근처近處 멧집은 집집이 술
오다가다도 들려주소

앉아보아도 좋은 그늘.


10
기자능箕子陵 솔의 상상上上가지
뻐꾸기 앉아 우는 소리
영명사永明寺 절에 묵던 손도
밤에 깨어 나무아미.


11
보통문루普通門樓 송객정送客亭의
버들가지는 또 자랐디.
아하 산山 설고 물 설은데
나 누구 찾아 여기 왔니.

# 고독 孤獨

설움의 바닷가의
모래밭이라
침묵沈默의 하루해만 또 저물었네

탄식歎息의 바닷가의
모래밭이니
꼭 같은 열두시만 늘 저무누나

바잽의 모래밭에
돋는 봄풀은
매일 붓는 벌불에 타도 나타나

설움의 바닷가의
모래밭은요
봄 와도 봄 온 줄을 모른다더라

이즘의 바닷가의 모래밭이면
오늘도 지는 해니 어서 져다오
아쉬움의 바닷가 모래밭이니

뚝 씻는 물소리가 들려나다오.

# 고락 苦樂

무거운 짐지고서 닫는 사람은
기구한 발부리만 보지 말고서
때로는 고개들어 사방산천의
시원한 세상풍경 바라보시오

먹이의 달고씀은 입에 달리고
영욕의 고苦와 낙樂도 맘에 달렸소
보시오 해가 져도 달이 뜬다오
그믐밤 날 궂거든 쉬어 가시오

무거운 짐지고서 닫는 사람은
숨차다 고갯길을 탄치 말고서
때로는 맘을 눅여 탄탄대로의
이제도 있을 것을 생각하시오

편안히 괴로움의 씨도 되고요
쓰림은 즐거움의 씨가 됩니다
보시오 화전火田망정 갈고 심으면
가을에 황금이삭 수북 달리오

칼날 우에 춤추는 인생이라고
물 속에 몸을 던진 몹쓸 계집애
어쩌면 그럴듯도 하긴 하지만
그렇지 않은 줄은 왜 몰랐던고

칼날 위에 춤추는 인생이라고
자기가 칼날 우에 춤을 춘 게지
그 누가 미친 춤을 추라 했나요
얼마나 비꼬이운 계집애던가

야말로 제 고생을 제가 사서는
잡을 데 다시 없어 엄나무지요
무거운 짐지고서 닫는 사람은
길가의 청풀밭에 쉬어가시오

무거운 짐지고서 닫는 사람은
기구한 발부리만 보지 말고서
때로는 춘하추동 사방산천의

뒤바뀌는 세상도 바라보시오

무겁다 이 짐일랑 벗을 겐가요
괴롭다 이 길일랑 아니 걷겠나
무거운 짐지고서 닫는 사람은
보시오 시내 위의 물 한 방울을

한 방울 물이라도 모여 흐르면
흘러가서 바다의 물결 됩니다
하늘로 올라가서 구름 됩니다
다시금 땅에 내려 비가 됩니다

비 되어 나린 물이 모둥켜지면
산간엔 폭포 되어 수력전기요
들에선 관개灌漑 되어 만종석萬鐘石이요
메말라 타는 땅엔 기름입니다

어여쁜 꽃 한 가지 이울어갈 제
밤에 찬이슬 되어 축여도 주고

외로운 어느 길손 창자 주릴 제
길가의 찬 샘 되어 눅궈도 주오

시내의 여지없는 물 한 방울도
흐르는 그만뜻이 이러하거든
어느 인생 하나이 저만 저라고
기구하다 이 길을 타발켔나요

이 짐이 무거움에 뜻이 있고요
이 짐이 괴로움에 뜻이 있다오
무거운 짐지고서 닫는 사람이
이 세상 사람다운 사람이라오

# 고향 故鄕

1

짐승은 모를는지 고향인지라
사람은 못 잊는 것 고향입니다
생시에는 생각도 아니하던 것
잠 들면 어느덧 고향입니다.

조상님 뼈 가서 묻힌 곳이라
송아지 동무들과 놀던 곳이라
그래서 그런지도 모르지마는
아아 꿈에서는 항상 고향입니다.

2

봄이면 곳곳이 산새소리
진달래 화초 만발하고
가을이면 골짜구니 물드는 단풍
흐르는 샘물 위에 떠나린다.

바라보면 하늘과 바닷물과
차 차 차 마주붙어 가는 곳에

고기잡이 배 돛 그림자
어기여차 디여차 소리 들리는 듯


3
떠도는 몸이거든
고향이 탓이 되어
부모님 기억 동생들 생각
꿈에라도 항상 그곳서 뵈옵니다.

고향이 마음속에 있습니까
마음속에 고향도 있습니다
제 넋이 고향에 있습니까
고향에도 제 넋이 있습니다.

마음에 있으니까 꿈에 뵈지요
꿈에 보는 고향이 그립습니다
그곳에 넋이 있어 꿈에 가지요
꿈에 가는 고향이 그립습니다

4
물결에 떠내려간 부평 줄기
자리잡을 새도 없네
제자리로 돌아갈 날 있으랴마는!
괴로운 바다 이 세상에 사람인지라 돌아가리

고향을 잊었노라 하는 사람들
나를 버린 고향이라 하는 사람들
죽어서만은 천애일방天涯一方 헤매지 말고
넋이라도 있거들랑 고향으로 네 가거라

# 마음의 눈물

내 마음에서 눈물난다.
뒷산에 푸르른 미루나무 잎들이 알지,
내 마음에서, 마음에서 눈물나는 줄을,
나 보고 싶은 사람, 나 한번 보게 하여주소,
우리 작은놈 날 보고 싶어하지,
건넛집 갓난이도 날 보고 싶을 테지,
나도 보고 싶다, 너희들이 어떻게 자라는 것을.
나 하고 싶은 노릇 나 하게 하여주소.
못 잊혀 그리운 너의 품 속이여!
못 잊히고, 못 잊혀 그립길래 내가 괴로워하는 조선이여.

마음에서 오늘날 눈물이 난다.
앞뒤 한길 포플라 잎들이 안다
마음속에 마음의 비가 오는 줄을,
갓난이야 갓놈아 나 바라보라
아직도 한길 위에 인기척 있나,
무엇 이고 어머니 오시나보다.
부뚜막 쥐도 이젠 달아났다.

# 외로운 무덤

그대 가자 맘속에 생긴 이 무덤
봄은 와도 꽃 하나 안 피는 무덤.

그대 간 지 십년十年에 뭐라 못 잊고
제 철마다 이다지 생각 새론고.

때 지나면 모두 다 잊는다 하나
어제런 듯 못 잊을 서러운 그 옛날.

안타까운 이 심사 둘 곳이 없어
가슴치며 눈물로 봄을 맞노라.

# 개아미 *

진달래꽃이 피고
바람은 버들가지에서 울 때,
개아미는
허리 가늣한 개아미는
봄날의 한나절, 오늘 하루도
고달피 부지런히 집을 지어라.

# 개여울*의 노래

그대가 바람으로 생겨났으면!
달 돋는 개여울의 빈 들 속에서
내 옷의 앞자락을 불기나 하지.

우리가 굼벵이로 생겨났으면!
비오는 저녁 캄캄한 영*기슭의
미욱한* 꿈이나 꾸어를 보지.

만일에 그대가 바다난 끝의
벼랑에 돌로나 생겨났더면,
둘이 안고 굴며* 떨어나지지.

만일에 나의 몸이 불귀신*이면
그대의 가슴 속을 밤도와* 태와*
둘이 함께 재되어 스러지지.

# 구름

저기 저 구름을 잡아 타면
붉게도 피로 물든 저 구름을,
밤이면 새카만 저 구름을,
잡아 타고 내 몸은 저 멀리로
구만리九萬里 긴 하늘을 날아 건너
그대 잠든 품속에 안기렸더니,
애스러라,* 그리는 못한대서*
그대여, 들으라 비가 되어
저 구름이 그대한테로 나리거든,
생각하라, 밤 저녁, 내 눈물을.

# 님의 말씀

세월이 물과 같이 흐른 두 달은
길어 둔 독엣물*도 찌었지마는*
가면서 함께 가자 하던 말씀은
살아서 살*을 맞는 표적이외다*

봄풀은 봄이 되면 돋아나지만
나무는 밑그루를 꺾은 셈이요
새라면 두 죽지*가 상傷한 셈이라
내 몸에 꽃필 날은 다시 없구나

밤마다 닭소리라 날이 첫시時면
당신의 넋맞이로 나가 볼 때요
그믐에 지는 달이 산山에 걸리면
당신의 길신가리* 차릴 때외다

세월은 물과 같이 흘러가지만
가면서 함께 가자 하던 말씀은
당신을 아주 잊던 말씀이지만
죽기전前 또 못잊을 말씀이외다

# 두 사람

흰눈은 한잎
또 한잎
영嶺기슭을 덮을 때.
짚신에 감발*하고 길심매고*
우뚝 일어나면서 돌아서도……
다시금 또 보이는,
다시금 또 보이는.

# 깊고 깊은 언약

몹쓸은 꿈을 깨어 돌아누울 때,
봄이 외서 멧나물* 돋아 나올 때,
아름다운 젊은이 앞을 지날 때,
잊어버렸던 듯이 저도 모르게,
얼결*에 생각나는 '깊고 깊은 언약'

# 꽃촉燭불 켜는 밤

꽃촉燭불 켜는 밤, 깊은 골방에 만나라.
아직 젊어 모를 몸, 그래도 그들은
'해 달 같이 밝은 맘, 저저마다 있노라.' *
그러나 사랑은, 한두번만 아니라, 그들은 모르고.

꽃촉燭불 켜는 밤, 어스러한 창窓아래 만나라.
아직 앞길 모를 몸, 그래도 그들은
'솔대*같이 굳은 맘, 저저마다 있노라.'
그러나 세상은, 눈물날 일 많아라, 그들은 모르고.

# 달맞이

정월 대보름날 달맞이,
달맞이 달마중을, 가자고!
새라* 새옷은 갈아 입고도
가슴엔 묵은 설움 그대로,
달맞이 달마중을, 가자고!
달마중 가자고 이웃집들!
산山위에 수면水面에 달 솟을 때,
돌아들 가자고 이웃집들!
모작별 삼성*이 떨어질 때.
달맞이 달마중을 가자고!
다니던 옛동무 무덤 가에
정월正月 대보름날 달맞이!

# 닭은 꼬꾸요

닭은 꼬꾸요, 꼬꾸요 울제,
헛잡으니 두 팔은 밀려났네.
애도 타리만치 기나긴 밤은……
꿈깨친 뒤엔 감도록* 잠 아니 오네.

위에는 청초靑草언덕, 곳은 깁섬,*
엊저녁* 대인 남포南浦 뱃간.
몸을 잡고 뒤재며 누웠으면
솜솜하게도 감도록 그리워 오네.

아무리 보아도
밝은 등燈불, 어스레한데.
감으면 눈속엔 흰모래밭,
모래에 어린 안개는 물 위에 슬제

대동강大同江 뱃나루에 해 돋아 오네.

# 묵념 默念

이슥한 밤, 밤기운 서늘할제
홀로 창窓턱에 걸어앉아,* 두 다리 늘이우고,*
첫 머구리 소리를 들어라.
애처롭게도, 그대는 먼첨* 혼자서 잠드누나.

내 몸은 생각에 잠잠할 때. 희미한 수풀로써
촌가村家의 액厄맥이* 제祭지나는 불빛은 새어오며,
이윽고, 비난수*도 머구리 소리와 함께 잦아져라.
가득히 차오는 내 심령心靈은…… 하늘과 땅 사이에.

나는 무심히 일어 걸어 그대의 잠든 몸 위에 기대어라
움직임 다시 없이, 만뢰는 구적俱寂한데,*
조약照躍히* 나려비추는 별빛들이
내 몸을 이끌어라, 무한無限히 더 가깝게.

# 불운不運에 우는 그대여

불운不運에 우는 그대여, 나는 아노라
무엇이 그대의 불운不運을 지었는지도,
부는 바람에 날려,
밀물에 흘러,
굳어진 그대의 가슴속도.
모두 지나간 나의 일이면.
다시금 또 다시금
적황赤黄의 포말泡沫은 북고여라,* 그대의 가슴속의
암청暗青의 이끼여, 거치른 바위
치는 물가의.

# 실제 失題

동무들 보십시오 해가 집니다
해지고 오늘날은 가노랍니다
웃옷을 잽시빨리* 입으십시오
우리도 산山마루*로 올라갑시다

동무들 보십시오 해가 집니다
세상의 모든 것은 빛이 납니다
이제는 주춤주춤 어둡습니다
예서* 더 저문 때를 밤이랍니다

동무들 보십시오 밤이 옵니다
박쥐가 발부리*에 일어납니다
두 눈을 이젠 그만 감으십시오
우리도 골짜기로 내려갑시다

# 애모 愛慕

왜 아니 오시나요.
영창映窓*에는 달빛, 매화梅花꽃이
그림자는 산란히 휘젓는데.
아이. 눈 깍 감고 요대로 잠을 들자.

저 멀리 들리는 것!
봄철의 밀물 소리
물나라의 영롱玲瓏한 구중궁궐九重宮闕,* 궁궐宮闕의 오요한* 곳,
잠 못드는 용녀龍女*의 춤과 노래, 봄철의 밀물 소리.

어두운 가슴속의 구석구석……
환연한* 거울속에, 봄구름 잠긴 곳에,
소솔비 나리며, 달무리 둘려라.
이대도록* 왜 아니 오시나요. 왜 아니 오시나요.

# 엄숙

나는 혼자 뫼 위에 올랐어라.
숯아 퍼지는 아침 햇볕에
풀잎도 번쩍이며
바람은 속삭여라.
그러나
아아 내 몸의 상처傷處받은 맘이여
맘은 오히려 저프고* 아픔에 고요히 떨려라
또 다시금 나는 이 한때에
사람에게 있는 엄숙을 모두 느끼면서.

# 오는 봄

봄날이 오리라고 생각하면서
쓸쓸한 긴 겨울을 지나 보내라.
오늘 보니 백양白楊의 뻗은 가지에
전前에 없이 흰새가 앉아 울어라.

그러나 눈이 깔린 두던*밑에는
그늘이냐 안개냐 아지랑이냐.
마을들은 곳곳이 움직임없이
저편 하늘 아래서 평화平和롭건만.

새들게 지껄이는 까치의 무리.
바다를 바라보며 우는 까마귀.
어디로서 오는지 종경소리는
젊은 아기 나가는 조곡일러라.

보라 때에 길손도 머뭇거리며
지향 없이 갈 발이 곳을 몰라라.
사무치는 눈물은 끝이 없어도
하늘을 쳐다보는 살음의 기쁨.

저마다 외로움의 깊은 근심이
오도가도 못하는 망상거림*에
오늘은 사람마다 님을 여이고*
곳을 잡지 못하는 설움일러라.

오기를 기다리는 봄의 소리는
때로 여윈 손끝을 울릴지라도
수풀 밑에 서리운 머릿길들은
걸음걸음 괴로이 발에 감겨라.

# 원앙침 鴛鴦枕*

바드득 이를 갈고
죽어 볼까요
창窓가에 아롱아롱
달이 비춘다.

눈물은 새우잠의
팔굽 베개요
봄꿩은 잠이 없어
밤에 와 운다.

두동달이 베개*는
어디 갔는고
언제는 둘이 자던 베갯머리에
'죽자 사자' 언약도 하여 보았지.

봄메의 멧기슭에
우는 접동*도
내사랑 내사랑
조히* 울것다.*

두둥달이 베개는
어디 갔는고
창窓가에 아롱아롱
달이 비춘다.

# 우리 집

이바루*
외따로 와 지나는 사람 없으니
'밤 자고 가자' 하며 나는 앉어라.

저멀리, 하느편*에
배는 떠나나가는
노래 들리며

눈물은
흘러나려라
스르르 나려감는 눈에.

꿈에도 생시에도 눈에 선한 우리 집
또 저 산山 넘어넘어
구름은 가라.

# 자나 깨나 앉으나 서나

자나 깨나 앉으나 서나
그림자 같은 벗 하나이* 내게 있었습니다.

그러나, 우리는 얼마나 많은 세월을
쓸데없는 괴로움으로만 보내었겠습니까!

오늘은 또다시, 당신의 가슴속, 속모를 곳을
울면서 나는 휘저어 버리고 떠납니다그려.

허수한* 맘, 둘 곳 없는 심사心事*에 쓰라린 가슴은
그것이 사랑, 사랑이던 줄이 아니도* 잊힙니다.

# 전망 展望

부엿한 하늘, 날도 채 밝지 않았는데,
흰눈이 우멍구멍* 쌔운 새벽,
저 남편便* 물가 위에
이상한 구름은 층층대 떠올라라.

마을 아기는
무리지어 서제書齊로 올라들 가고,
시집살이하는 젊은이들은
가끔가끔 우물길 나들어라.

소삭蕭索한* 난간欄干 위를 거닐으며
내가 볼 때 온아침, 내 가슴의
좁혀 옮긴 그림장*이 한 옆을,
한갓 더운 눈물로 어룽지게.

어깨위에 총銃메인 사냥바치*
반백半白의 머리털에 바람 불며
한번 달음박질. 올길 다 왔어라.
흰눈이 만산편야滿山遍野* 쌔운 아침.

# 지연紙鳶*

오후午後의 네길거리 해가 들었다,
시정市井의 첫겨울의 숙박함이여,
우둑히 문어구에 혼자 섰으면,
흰눈의 잎사귀, 지연紙鳶이 뜬다.

# 첫치마

봄은 가나니 저문 날에,
꽃은 지나니 저문 봄에,
속없이 우나니, 지는 꽃을,
속없이 느끼나니 가는 봄을.
꽃지고 잎진 가지를 잡고
미친듯 우나니, 집난이*는
해 다 지고 저문 봄에
허리에도 감은 첫치마를
눈물로 함빡히* 쥐어짜며
속없이 우노나 지는 꽃을,
속없이 느끼노나, 가는 봄을.

# 추회追悔*

나쁜 일까지라도 생生의 노력努力,
그 사람은 선사善事도 하였어라
그러나 그것도 허사虛事라고!
나 역시 알지마는, 우리들은
끝끝내 고개를 넘고 넘어
짐 싣고 닫던* 말도순막집*의
허청虛廳가, 석양夕陽 손*에
고요히 조으는* 한때는 다 있나니,
고요히 조으는 한때는 다 있나니.

# 합장 合掌

나들이. 단 두 몸이라. 밤빛은 배여 와라.
아, 이거 봐, 우거진 나무 아래로 달 들어라.
우리는 말하며 걸었어라, 바람은 부는 대로.

등燈불 빛에 거리는 헤적여라,* 희미한 하느편便에
고이 밝은 그림자 아득이고
퍽도 가까인,* 풀밭에서 이슬이 번쩍여라.

밤은 막 깊어, 사방四方은 고요한데,
이마즉,* 말도 안하고, 더 안가고,
길가에 우두커니,* 눈 감고 마주 서서.
먼 먼 산山. 산山절의 절 종鍾소리. 달빛은 지새어라.

# 후살이 *

홀로된 그 여자女子
근일近日에 와서는 후살이간다 하여라.
그렇지 않으랴, 그 사람 떠나서
제이 십년十年 저 혼자 더 살은 오늘날에 와서야……
모두다 그럴듯한 사람 사는 일레요.*

# 진달래꽃

십대들을 위한 감상의 길잡이

【 김소월 시 자세히 읽기 】 김소월 시의 세계 인식
【 십대들을 위한 김소월 시어사전 】
【 논술 포인트 10 】

# 김소월 시의 세계 인식

## 1. 머리말

한국 근대시의 흐름 가운데서 사회 현실이나 민족에 대한 시적 자아의 세계 인식이 개성적인 화법으로 표출되기 시작한 것은 1920년대에 이르러서였다. 김소월은 1920년대 시인들 중에서도 민족 주체성이 상실된 시대 상황에서 민족 정서의 심층에 흐르는 정신 세계를 지향한 시인이었다. 그의 시적 자아들은 '완전한 자아'의 상실 의식을 지니고 있으며, 이러한 자아 상실의 시대 상황을 깊이 있게 인식하였다. 따라서 현실의 자아 상실을 극복하기 위한 정신 지향으로 민족 정서를 회복하고, 현실의 단절된 삶의 연속성을 찾으려 했다. 그의 시들이 함의하고 있는 연상적 정서와 음률들은 작품의 내적 실체로서 민족적 삶의 정서 속에서 작용하고 있으며, 또한 주체성 상실의 시대 상황과 밀접한 상관관계 아래에서 정서적 자장을 형성하고 있다.

김소월 시의 상징 유형들은 주체성 상실의 민족 현실 속에서 민족의 주체성 회복과 민족적 삶의 연속성을 획득하려는 정신적 배경을 거느

리고 있었다. 따라서 이 글은 그러한 민족의 주체성 회복과 삶의 현실의 문제들을 정서적으로 수용하고 있는 의식의 과정을 규명하고자 한다. 그것은 1920년대의 근대시의 흐름에서 현실 문제와 개성의 자각을 나타내는 김소월의 시적 인식을 이해하는 데 중요한 의미를 지니고 있기 때문이다. 그의 시는 민족 주체성 상실의 시대 현실을 완전한 삶의 싱실이라는 부재 의식으로 상징화하였으며, 이러한 부재적 상황을 극복하려는 세계 인식을 지향하였다.

따라서 이 글은 그의 시에 나타난 시적 자아의 세계 인식을 규명하고, 이러한 그의 세계 인식이 당대의 문화적·정신사적 문맥 안에서 어떠한 의미와 정서적 긴장을 형성하는지를 살펴보고자 한다. 이를 위해 그의 시의 상상력의 구조와 세계 인식에 나타난 상징적 공간과 시간 의식의 세계가 어떠한 의미망을 지니고 있는가를 이해해야 할 것이다. 김소월은 그의 시적 긴장을 형성하는 추상적·정신적 공간으로 민족의 완전한 삶의 부재적 상황으로 상징화하였다.[1] 또한 당대의 단절된 상황을 극복하기 위해 과거와 미래의 삶의 질서를 회복하려는 시간 의식을 상징화하였다. 이러한 그의 상징적 공간과 시간 아래서 그의 시적 자아의 세계 인식을 살펴보고자 한다.


## 2. 세계 인식의 구조

시는 사회 현실을 대상화하여 자아의 인식 세계를 형성화한다. 여기

---

1) 캐시러는 인간은 감각적 차원을 벗어난 추상적 공간, 즉 정신적 심상 또는 공간 관념, 공간 관계 등의 정신적 세계를 구축해내면서 상징적 공간으로 상징화하는 데 상징의 원리가 작용한다고 하였다 (Cassirer, An Eassay on Man, 34~38쪽 참조).

1978년에 문학사상사에서 제작한 소월의 초상화(위쪽)와 소월의 육필(오른쪽).

서 사회 현실은 시인의 삶과 다른 인간들의 삶의 공동화에 의해서 형성한 문화적·정신적 세계를 의미한다. 따라서 시인의 세계 인식은 자아와 사회 현실과의 상호 주관성에 의해 형성된다. 자아의 상호 주관성의 의식 작용은 문화적 사상, 사회 공동체의 공동화의 단계적 질서를 지향하고자 한다. 즉, 시인의 상호 주관적 세계 인식은 사회 현실에 대한 시인의 세계내에서 인간 존재의 근본적인 존재론적 인식을 드러낸다.[2] 인간 존재의 존재론적 인식은 자아 성찰, 자아 발견, 세계와의 상호 교감을 이루려는 사회 현실에 대한 인식의 세계로 형상화된다.

따라서 시인의 세계 인식은 자아와 외적 대상을 상호 관련시키는 의

---

2) 인간의 자아 인식과 상호 주관성에 대해서는 차인석, 「현상학에서의 대상 인식」, 「현상학과 사회과학 방법론」, 『사회인식론』(민음사, 1987), 81~134쪽 참조.

식의 체험으로 재현되어 나타난다. 이 의식의 체험은 시인의 상상력 구
조 속에서 이루어지며, 여기서 상상력은 인간 정신과 세계와의 상호 작
용으로 구성된다. 즉, 시적 자아의 상상력의 구조는 세계와의 상호 작
용을 이루려는 공존성(共存性), 공동성(共同性)의 의미 구조를 형성한
다. 그러므로 시인의 세계 인식은 대상을 감각화하여 그의 삶과 결부된
일체성을 경험하려는 의식을 지향한다.

　그런데 우리의 근대시사의 형성 초기에 있어 사회 현실은 자아의 상
호 주관성의 작용이 억압당하거나 불가능한 세계였다. 따라서 현실에
대한 자아의 세계 인식은 상호 주관적 작용보다는 낭만적·감정적 인식
을 지향하였다. 이러한 1920년대 초기의 감정적·낭만적 인식은 과거
의 교술적·합리적 세계관이 지닌 관념 편중의 문학적 인식을 극복할
수 있었다. 이는 김소월을 비롯한 1920년대 초기의 민요조 서정시의 전
개 과정에서 나타난 민요의 수용과 전근대적 사회 인식을 타파하고자
한 시사적 의미를 지닌다.[3] 김소월 시의 세계 인식은 자아의 낭만적 인
식을 통해 엄격한 합리주의 체제 아래서 위축되어 버린 지각의 능력을
회복하기 위해 생의 감정적 기저[4]에서 자아 동일성의 세계를 발견하려
하였다.

　다음의 「예전엔 미처 몰랐어요」에 나타난 김소월의 세계 인식의 의식
지향을 살펴보자.


　　봄 가을 없이 밤마다 돋는 달도
　　'예전엔 미처 몰랐어요.'

---

3) 김용직, 「민요조서정시의 태동과 발전 양상」, 『한국근대시사』(새문사, 1983), 341~362쪽 참조.
4) 김우창, 「한국시와 형이상」, 『궁핍한 시대의 시인』(민음사, 1977), 40쪽.

이렇게 사무치게 그리울 줄도
　'예전엔 미처 몰랐어요.'

달이 암만 밝아도 쳐다볼 줄을
　'예전엔 미처 몰랐어요.'

이제금 저 달이 설움인 줄을
　'예전엔 미처 몰랐어요.'

—「예전엔 미처 몰랐어요」 전문

　김소월의 세계 인식은 불연속적 삶[5]의 세계관을 담고 있다. 여기서 불연속적 삶의 세계관은 자연과의 일체감이 단절당한 상황 의식으로 나타났다. 여기에 주권 상실의 억압적 현실에 의해 민족적 삶의 화해로운 질서가 차단당한 단절감이 함께 깔려 있다. 이는 개인의 삶의 질서가 민족 전체와의 동질성이 상실되었다는 세계 인식의 표출이다. 따라서 김소월의 시적 자아와 자연과의 정서적 대응 구조는 이러한 불연속적 상황을 극복하기 위한 의식 지향을 보여주며, 이는 시적 대상인 자연의 객관적 실체와의 서정적 거리를 의식의 내적 세계로 끌어들여 자아화하려는 태도로 나타난다. 위의 「예전엔 미처 몰랐어요」를 비롯한 「산유화」, 「초혼」, 「구름」, 「옷과 밥과 자유」 등 일련의 작품에서 언표된 '예전엔', '먼 후일', '한 세상', '저만치' 등의 시간과 공간 상징의 의미는 주권 상실의 현실 세계를 내면적으로 대상화한 불연속적 세계 인식

---

5) 오세영, 『한국낭만주의시 연구』(일지사, 1983), 303~327쪽 참조.
　여기서 오세영은 '불연속'의 개념을 개인과 전체의 단절, 그리고 이 양자를 화해시키려는 정신 현상으로 정의하고, 소월 시의 불연속적 질서를 검토하면서, 소월의 세계 인식은 주체와 자연과의 불연속적 대립으로 나타나며, 이는 님의 표상으로 존재 초월을 지향하는 태도로 나타난다고 지적하였다.

의 표출이다.

「예전엔 미처 몰랐어요」에서 나타난 자아와 '달'의 대립 구조는 2연의 '그리움', 4연의 '설움'의 정서적 지향을 보여준다. 이러한 자아와 대상과의 정서적 지향을 도식화하면 다음과 같다.[6]

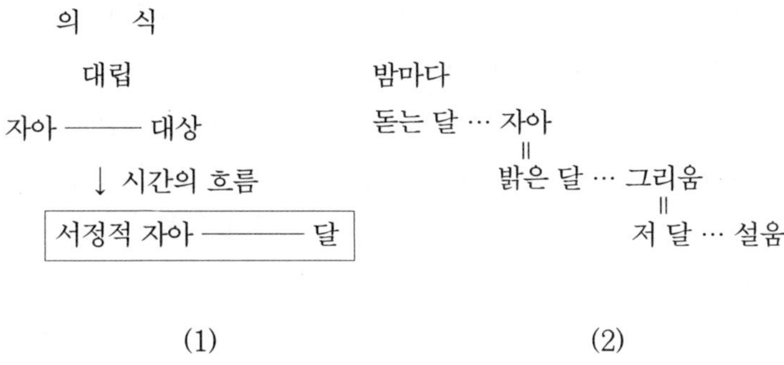

(1)에서 시적 자아는 대상과 대립되는 불연속적 세계 인식을 보여주며, 이를 극복하기 위해 '달'을 내면적으로 대상화하여 '자아…달'이라는 '달'을 자아화하는 동일성 의식을 형성하고 있다. 이러한 대상의 자아화는 (2)에서 '밤마다 돋는 달'→'밝은 달'→'저 달'로 의식 경험의 내재적 체계로 교체되고, 이는 또다시 '예전엔 미처 몰랐어요'의 갈등의 자아가 '그리움'→'설움'의 정서적 대응으로 변화된다. 이러한 자아와 대상의 불연속적 세계 인식은 '그리움'→'설움'의 정서적 대응으로 나타나면서 '달'을 '설움'으로 내면화한 의식 구조를 담고 있다. 따라서 이 「예전엔 미처 몰랐어요」의 자아의 세계 인식은 '그리움'과 '설움'의

---

6) 헤겔의 정신현상학에 있어서 의식의 '경험과 그 동력'에 나타난 자아의 세계 인식을 (1)대상화의 자아 의식 변화 구조와 (2)의식에 나타난 대상의 교체에 대한 의식 경험의 내재적 변증법의 과정을 통해서 자아의 세계 인식을 도식화한 것이다(최동희 외, 『자아와 실존』, 민음사, 1987, 113쪽 참조).

정서적 대응을 통하여 대상에 대한 주체의 자아화의 의식 구조를 담고 있다. 이 「예전엔 미처 몰랐어요」의 자아의 '그리움'과 '설움'의 정서적 대응은 '밤마다 돋는 달', '밝은 달', '저 달'로 전환되면서 '그리움'이 '설움'으로 바뀌는 정서적 긴장을 형성한다.

　김소월의 시적 자아는 불연속적 삶의 정서를 대상화하여 이를 내면적 정서로 자아화하여 우리의 주체 상실의 현실 정감에 공통성의 정신적 유대를 자아내고 있다. 따라서 그의 시는 당대 현실에서 성취될 수 없는 공동체적 일체감을 형성하는 소재들을 내면화하여 낭만적 정감을 확대해나갔다. 더욱이 민담, 설화 소재를 적극 수용하여 이러한 대상들을 자아의 상호 주관적 인식을 통해 민족적 정서와 현실을 정서적으로 일치시키려고 노력하였다.

붉은 해는 서산西山 마루에 걸리었다.
사슴이의 무리도 슬피 운다.
떨어져 나가 앉은 산山 위에서
나는 그대의 이름을 부르노라.

설움에 겹도록 부르노라.
설움에 겹도록 부르노라.
부르는 소리는 비껴 가지만
하늘과 땅 사이가 너무 넓구나.

선 채로 이 자리에 돌이 되어도
부르다가 내가 죽을 이름이여!
사랑하던 그 사람이여!
사랑하던 그 사람이여!

—「초혼」부분

접동
접동
아우래비 접동

진두강津頭江 가람가에 살던 누나는
진두강津頭江 앞마을에
와서 웁니다

옛날, 우리나라
먼 뒤쪽의
진두강津頭江 가람가에 살던 누나는
의붓어미 시샘에 죽었습니다

누나라고 불러보랴
오오 불설워
시새움에 몸이 죽은 우리 누나는
죽어서 접동새가 되었습니다

아홉이나 남아 되던 오랩동생을
죽어서도 못 잊어 차마 못 잊어
야삼경夜三更 남 다 자는 밤이 깊으면
이 산山 저 산山 옮아가며 슬피 웁니다.

—「접동새」 전문

이 「초혼」과 「접동새」는 현실의 부재적 상황을 자아화하여 대상과의 동일성 회복을 이루고자 하는 상상력의 세계를 담고 있는 작품들이다. 민족 주체가 상실된 세계를 회복하고자 하는 김소월의 세계 인식은 민족적 삶과 정서를 민담적 소재로 내면화하여 자아의 상호 주관성에 의해 민족적 삶의 질서를 발견하려는 정서의 사회화를 의미한다. 전근대적 관념적 세계를 극복하고 민요적, 민담적 세계를 수용하여 민중적, 사회적 의미를 정서적으로 변용시켜 강한 민중 정서를 형성하였다. 그것은 상실감, 공허감의 감정 양상으로 표출되었지만, 그 내면의 기저에는 민중적 정서가 가득 차 있다.[7]

따라서 이들 작품들은 민족의 삶의 정서와 긴밀한 관계 아래 있는 '님'과 '어머니'의 상실 세계를 자아화하여 동일성을 회복하고자 하는 세계 인식을 보여주고 있다.

특히 위의 「접동새」는 「춘향과 이도령」, 「팔베개 노래」, 「어버이」, 「후살이」, 「물마름」 등의 작품들과 함께 민담적 배경을 깔고 있다.[8] 이러한 설화, 전설, 민담의 소재들의 시적 수용은 김소월의 외향적 세계 인식을 보여주며, 이들 소재들은 전통 민요적 분위기를 매개하는 데 성공하고 있다.[9] 이 민담적 배경을 통한 정서는 민족의 보편적 정서를 지향하며 직접적이고 단순한 진술의 표현이라는 민요의 특성과도 깊은 연관을 지닌다. 따라서 김소월의 이러한 민담적 소재를 통한 정서화는 현실 세계를 초월하면서 민족 정서의 보편성을 지향하는 의식을 담고 있다.

---

7) 오세영, 앞의 책, 132쪽. 오세영은 여기서 소월 시의 민중성의 요인으로 민족적 계급 의식이 없으며, 민족의 기층적 사고와 정서가 내포되어 있으며, 자연 친근적 향토성을 들고 있다.

8) 오세영은 이 「접동새」의 설화적 배경을 중심으로 김소월의 내면 공간을 모(母)상실 의식으로 규명하고, 그 정서적 테마를 한(恨)의 구조로 파악하고 있다 (오세영, 「모(母)상실 의식으로서의 한(恨)」, 김열규·신동욱 편, 『김소월』 참조).

9) 김용직은 김소월 시의 특징적 단면으로 제재의 저변 확대 내지 소재 수용의 다변화를 들고, 민담·민요의 수용 시도와 전통문화 전반에 걸친 관심 표명을 확산시켜 나갔다고 지적하였다(「향토정서 추구의 논리와 그 흐름」, 『한국근대시사』, 새문사, 1986, 370~74쪽 참조).

위의 「접동새」의 정서도 "모(母)상실 의식, 한(恨), 현실의 신화화"[10]라는 인식 구조를 담고 있다. 이러한 인식의 구조를 좀더 살펴보면 다음과 같다.

이 작품의 모상실 의식은 1연에서 3연까지의 설화의 배경으로서의 외향적 인식이 제4연에 이르러 "시새움에 몸이 죽은 우리 누나는/죽어서 접동새가 되었습니다"에서 시적 화자가 누나로 전환되면서, '모상실'의 삶의 정황이라는 설화적 주제를 수용하고 있다. 따라서 이러한 설화적 수용의 모상실 의식은 한(恨)이라는 주제를 심층적으로 수용한 주체성 상실의 삶에 대한 정서적 표현이라 하겠다. 이 '한'의 현실적 인식은 주체성 상실의 삶의 고통과 애환을 초월하려는 태도를 담고 있다. 그것은 삶의 억압 현실을 대상화하여 민족의 보편적 정서와 결합함으로써 삶의 전체성을 회복하려는 세계 인식의 구조를 형성한다. 따라서 김소월의 「초혼」, 「접동새」를 비롯한 일련의 설화 민담의 배경을 담고 있는 작품들의 세계 인식 속에는 이러한 전통적 인식의 삶의 구조 속에 동일화함으로써 삶의 보편성과 연속성을 회복하려 하였다.


## 3. 자아 동일성 상실의 세계 인식

자아 동일성 상실의 세계는 존재의 궁극적인 삶이 억압당한 현실에 대응하여 지아 상실이나 자기 소외, 부재 의식 등으로 형상되어 나타난다.[11] 화해로운 삶의 질서가 외부에 의해 억압당할 때, 시인의 자아 의식은 그러한 억압적 현실을 초월하여 과거와 미래의 삶의 구조와 동일

---

10) 위의 글, 같은 곳 참조.
11) 신오현, 「자기 동일성의 문제」, 『자아의 철학』(문학과지성사, 1987), 97~141쪽 참조.

성을 이루려는 의식 지향으로 부재적 상황을 극복하려 한다.

　김소월에 있어 자아 동일성 상실의 세계 인식은 '자아'와 '님'의 상실 의식으로 나타난다. 이러한 자아와 '님'의 상실은 현실로부터의 도피 정서가 아니라 주체성 상실의 현실을 민족적 실존적 삶의 실현이 이루어질 수 없는 단절의 시대 인식으로 나타났다.

　이러한 단절된 시대 인식은 민족과 자아의 동일성 상실의 상상력 구조를 보여주고 있다. 이러한 동일성 상실의 세계 인식은 주체 상실 시대의 정신사적 의미를 해명하는 한 방법이다.

봄풀은 봄이 되면 돋아나지만
나무는 밑그루를 꺾은 셈이요
새라면 두 죽지가 상傷한 셈이라
내 몸에 꽃필 날은 다시 없구나

밤마다 닭소리라 날이 첫시時면
당신의 넋맞이로 나가 볼 때요
그믐에 지는 달이 산山에 걸리면
당신의 길신가리 차릴 때외다

—「님의 말씀」 부분

고이도 흔들리는 노랫가락에
내 잠은 그만이나 깊이 들어요
고적孤寂한 잠자리에 홀로 누워도
내 잠은 포스근히 깊이 들어요

그러나 자다 깨면 님의 노래는
하나도 남김없이 잃어버려요
들으면 듣는 대로 님의 노래는
하나도 남김없이 잊고 말아요

—「님의 노래」 부분

　김소월의 「님의 말씀」에서 자아 동일성 상실의 세계는 '밑그루를 꺾은 나무', '두 죽지가 상(傷)한 새', '꽃필 날이 다시 없는 내 몸'의 언술 속에 나타나는 바와 같이 자아의 분열과 상실 의식이 중첩되어 있다. 그것은 「님의 노래」에서도, 자다 깨면 님의 노래는 하나도 남김없이 잊어버리고 들으면 듣는 대로 잊어버리는 님과의 동일성 상실 의식을 담고 있다. 따라서 김소월의 상실 의식은 현실로부터 가로막힌 동일성 상실의 감정을 부드러운 율격을 통해 드러내면서 자아의 현실적 삶을 고통스럽게 끌어안고 있다. 이러한 자아는 현실과의 괴리감을 '꽃필 날이 다시 없는 나무', 혹은 '들으면 듣는 대로 남김없이 잊고 마'는 화자들이며, 이들은 자아의 단절된 고통을 끌어안고 현실로부터 소외와 좌절을 견디면서 세계의 상실감을 극복하려는 정서 지향을 보여준다.

먼 훗날 당신이 찾으시면
그때에 내 말이 '잊었노라'

당신이 속으로 나무라면
'무척 그리다가 잊었노라'

그래도 당신이 나무라면

'믿기지 않아서 잊었노라'

오늘도 어제도 아니 잊고
먼 훗날 그때에 '잊었노라'

—「먼 후일」 전문

「먼 후일」에서의 '먼 훗날'은 자아의 현재적 시간의 부재 의식이 담긴 가정적 시간 의식의 술어이다. 즉, 그것은 현재도 아니요, 그렇다고 미래의 어느 확정된 시간도 아니다. 이러한 현재적 시간의 부재 의식은 '나'와 '당신'의 동일성 상실의 세계 인식을 보인다. 그것은 '당신'이라는 존칭 어법을 사용하면서 '잊었노라'는 단호한 감정 표출에 담긴 서정적 화자의 양면적인 태도에도 드러난다.[12] '존칭 어법'에 담긴 '님'에 대한 겸손한 자아의 태도는 '먼 훗날'이라는 가정된 시제의 표현과 '내 말이 '잊었노라'는 언술에서 모순된 어법을 보이면서 '님'과의 완전한 동일성을 이루지 못한 감정 상태에 놓여 있음을 볼 수 있다. 따라서 김소월의 '나'와 '님'과의 동일성 상실의 감정에는 시간의 부재 인식이 깊이 관련되어 있다.

따라서 김소월의 과거 지향의 현재의 부재적 인식은 이러한 현실적 정황을 초월하려는 시간 의식으로 과거 지향의 태도를 보이며, 이는 과거로의 통합적·선험적 형식으로의 자아의 화해로운 세계 지향으로 회복되려는 정신 지향을 내포하고 있다.

현재적 시간의 부재 인식을 통한 자아 동일성 상실의 세계 인식과 함

---

12) 정효구, 「김소월 시의 기호체계 연구」(서울대 박사학위 논문, 1989), 39~41쪽. 여기서 정효구는 「먼 후일」의 작품 분석에서 '나⋯당신'의 통화 체계를 가정법과 투사의 기법, 모순어법, 화자의 양면적 태도로 구분하면서 이 작품의 심리적 기교를 분석하고 있다.

께 공간의 부재 의식 또한 자아와 세계와 단절 의식을 드러내는 상상력의 구조로서, 현실에 대한 서정적 자아의 갈등을 내포하는 의식으로 나타나고 있다.

> 삭주구성朔州龜城은 산山넘어
> 먼 육천리六千里
> 가끔가끔 꿈에는 사오천리四五千里
> 가다오다 돌아오는 길이겠지요
>
> 서로 떠난 몸이길래 몸이 그리워
> 님을 둔 곳이길래 곳이 그리워
> 못 보았소 새들도 집이 그리워
> 남북南北으로 오며가며 아니합디까
>
> 들 끝에 날아가는 나는 구름은
> 밤쯤은 어디 바로 가 있을 텐고
> 삭주구성朔州龜城은 산山넘어
> 먼 육천리六千里

—「삭주구성」 부분

> 산山에는 꽃 피네
> 꽃이 피네
> 갈 봄 여름 없이
> 꽃이 피네

산山에
산山에
피는 꽃은
저만치 혼자서 피어 있네

―「산유화」 부분

위의 「삭주구성」에서의 '삭주구성'은 이 시의 2연 "물 맞아 함빡이 젖은 제비도/가다가 비에 걸려 오"는 돌아갈 수 없는 곳이다. 이러한 돌아갈 수 없는 곳으로의 '삭주구성'은 「산」의 "불귀, 불귀, 다시 불귀/삼수갑산에 다시 불귀"의 시행에서의 '삼수갑산'과 같이 김소월의 시의 부재적 공간 의식을 드러내는 상징적 공간[13]이다. 김소월의 이러한 공간적 거리감은 「산유화」에서 "저만치 혼자서 피어 있네"의 시행 속에 함축된 '저만치'의 공간적 표현에 담긴 심리적 거리[14]로 전환되어 나타난다. 즉, 그것은 「삭주구성」에서의 공간적 부재 의식이 "산넘어/먼 육천리/가끔가끔 꿈에는 사오천리"의 공간적 거리를 "서로 떠난 몸이길래 몸이 그리워/님을 둔 곳이길래 곳이 그리워/못 보았소 새들도 집이 그리워/남북으로 오며가며 아니합디까"의 그리움의 심리적 공간으로 전환되어 서정적 자아의 심정적 차원을 드러내는 정서적 태도를 담고 있음에서

---

13) 이러한 '삭주구성'과 '삼수갑산'에 대한 의미를, 이인복은 죽음의 이미지로, 최하림은 유배지, 불귀지지(不歸之地)로, 박호영은 체념의 장소이자 의지의 표본으로 해석하고 있다(이인복, 『소월과 만해』, 숙대출판부, 1979, 71쪽., 崔夏林, 「식민지시대 시인의 초상」『한국현대시문학대계』, 지식산업사, 1980, 198쪽., 朴好泳, 「金素月의 位相」, 金烈圭 申東旭 編, 『金素月 硏究』, 새문사, 1986, 80~81쪽. 참조).

14) 김동리는 이러한 심리적 거리를 '인간과 청산의 거리이며, 인간의 자연 혹은 〈신(神)〉에 대한 향수의 거리로서 이 거리는 그가 가장 보편적 情恨에 입각할 수 있는 순간'으로 파악하였다(金東里, 「靑山과의 距離」, 申東旭 編, 『金素月』, 文學과知性社, 1980, 59쪽 참조). 이에 대해 金宗吉은 '새나 꽃들의 존재에 대한 우주적 연민을 나타내는 것'으로, 徐廷柱는 '諦念'의 삶의 자세로, 申東旭은 '존재의 외로움을 반영한 심리적 고절감을 내포하는' 것으로, 金容稷은 '거리' '상태' '정황' 등의 의미로 앰비귀티를 지니는 것 등으로 파악하고 있다(위의 책 101쪽. 참조).

확인된다. 이는 「산유화」 끝연 "산에는 꽃 지네/꽃이 지네/갈 봄 여름 없이/꽃이 지네"에서 '저만치'의 공간적 거리가 서정적 자아의 심리 공간으로 전환되어 꽃이 지는 정한적 의미 구조를 띠고 있음에도 나타난다.

김소월의 이러한 공간의 부재 의식을 보여주는 상상력의 체계는 이밖에도 그의 많은 작품에서 드러나는데, 특히 「천리만리」의 "말리지 못할만치 몸부림하며/마치 천리만리나 가고도 싶은/맘이라고나 하여 볼까"에서의 '천리만리'의 공간적 거리가 "몸부림하며/가고도 싶은/맘"의 심리적 공간으로 전환되어 있음에도 확인된다.

1925년 매문사에서 문고판으로 발행한 『진달내꽃』.

이상에서 김소월의 동일성 상실 구조를, 자아의 분열과 시간의 부재 의식, 공간의 부재 의식을 중심으로 그 인식의 흐름을 살펴보았다. 이러한 동일성 상실의 인식 체계에서 김소월은 '님'을 축으로 하는 대상과의 불일체감에 휩싸인 분열된 자아의 표상을 이루고 있으며, 이러한 분열된 자아는 현재적 시간에서 대상과의 동일성을 이룰 수 없다는 현재적 시간의 부재 인식을 바탕으로 하면서 '과거'나 '먼 후일' 등의 무시간 의식의 태도를 보여주고 있다. 따라서 그의 무시간 의식은 '과거'나 '먼 후일'이라는 막연한 기대감에 휩싸이면서 '꿈'이나 '혼'의 초월적 상상력의 시간 지향을 통해 현재적 삶의 고통과 시련을 초월하려는 인식 체계를 보여주고 있다. 그것은 공간의 부재 의식에도 깊게 드러나는데 '산', '길'의 막힘으로 인해 돌아갈 수 없는 공간적 단절감으로 표출되어 있다. 이러한 공간적 단절을 심정적 차원으로 수용하면서 현실과의 불연속적 상실의 감정을 '그리움'이나 '슬픔'의 정서적 체계로 토로하고 있는 것이 특징이다.


## 4. 자아 동일성 회복의 세계 인식

자아 동일성의 세계는 다른 세계와 구별되면서 자기 고유의 지속적인 삶의 실현이 가능한 세계이며, 인간의 궁극적인 존재 의식은 자아 상실의 부정적 세계관을 극복하고 상실된 자아를 회복하고자 한다. 자아 상실 세계에서의 자아는 상실된 세계의 역사 속에서 자신의 존재 의미를 탐색하는 역사 의식으로 나타난다.[15] 따라서 인간의 의식 활동은 자아 의식의 존재 실현을 의미하며, 자기 존재에 대한 반성, 확인, 통합, 동화를 의미한다. 시적 자아의 동일성의 세계도 인간 존재의 근원적인 구조와 실상에 대한 인식의 표상이며, 이는 자아와 타아, 자아와 사회, 인간과 자연의 관계에까지 영향을 미치며, 이러한 영향은 자아와 세계의 영원한 관계로 존재하는 세계를 지향하며, 자아 동일성의 회복을 이루고자 하는 인식으로 나타난다.[16] 자아 동일성 상실의 세계는 이러한 자아와 세계, 자연의 관계가 균형을 상실하여 자아가 분리되었을 때 자아는 파괴되고 소외 현상으로 나타난다. 따라서 앞에서 논의한 김소월의 자아 동일성 상실의 세계 인식은 분열과 갈등의 자아 의식, 현재적 시간의 부재 의식, 현실 공간의 부재 의식 등으로 시적 자아의 정신 지향을 보였다. 그 결과, 김소월은 주체 상실의 현실을 부재적 상황으로 인식하고 이를 초월하려는 정서 지향으로서 과거와의 연속성을

---

15) 신오현, 「자기 소외성의 문제」, 앞의 책, 117~141쪽 참조.
16) 위의 책, 131~32쪽 참조.

회복하거나 미래 지향의 상상력의 세계를 선택하였다. 현실의 분열과 갈등의 감정 양상들은 주권 상실 시대의 불연속적 세계관의 표출로서 민족의 시대적 정황 속의 보편적 감정 체계를 수용하고 있다. 그것은 김소월의 시에 나타난 자아 동일성 상실의 세계 인식이 불연속적 상황 속에서의 갈등과 분열을 드러내고 있으면서도 현실적 삶의 고통과 애환을 초월하려는 정서 구조로 형상화되어 있기 때문이다.

또한 주권 상실의 현실 상황을 불연속적 정황으로 인식하면서 현실의 중압감과 대응하려는 자아의 동일성 회복의 정신 지향은 그의 시에 내포된 삶의 원형 상징의 구조를 이해하는 데 중요한 의미를 지닌다. 이러한 동일성 회복을 위한 적극적인 자아의 의식 지향은 현재적 삶의 외적 억압과 정서적으로 대응하면서 불연속적 정황을 자아의 통시적 세계와의 연속적 질서로 회복하려는 상상력을 지향한다. 이는 시적 자아의 "주체와 객체의 화해된 종합의 상태, 즉 자아와 세계가 구분되지 않는, 이런 조화적인 동일성의 경지"[17]를 획득하려는 적극적 자아 의식을 지니고 있다. 이러한 자아 동일성의 세계 인식은, 동일성 상실의 자아와 세계와의 대립이라는 상반된 의식들을 결합하여 심리적 총화의 원형적 심상을 형성하며, 초월적 기능의 의식 지향을 보여준다.[18] 이 의식 지향은 시간의 변화에 따른 여러 체험들을 유기적 통일체로 종합하려는 의식 작용을 지니며, 다양한 현실적 감정들을 통합하면서 연속성을 회복하려는 자아 의식으로 나타난다.[19]

김소월의 시에 나타난 이제까지의 분열과 갈등의 자아 양상들도 이와 같은 자아의 적극적 동일성 획득의 의식 지향으로 전환되면서 자아

---

17) 김준오, 『시론』(문장사, 1982), 43쪽.
18) J. Jacobi, *The Psychology of C. G. Jung*, 이태동 역, 『칼 융의 심리학』(성문각, 1978), 220~221쪽 참조.
19) 김준오, 앞의 책, 같은 곳.

와 세계와의 화해로운 질서 속으로 나아감을 확인할 수 있다.

해가 산마루에 저물어도
내게 두고는 당신 때문에 저뭅니다.

해가 산마루에 올라와도
내게 두고는 당신 때문에 밝은 아침이라고 할 것입니다.

땅이 꺼져도 하늘이 무너져도
내게 두고는 끝까지 모두다 당신 때문에 있습니다.

다시는, 나의 이러한 맘뿐은, 때가 되면,
그림자같이 당신한테로 가오리다.

오오, 나의 애인이었던 당신이여.

—「해가 산마루에 저물어도」 전문

「해가 산마루에 저물어도」에서의 시적 자아인 '나'는 '당신'과의 동일성을 이루려는 적극적 의식 지향을 보이고 있다. 이러한 적극적 자아 동일성의 세계 인식은, '나'와 '당신'과의 분열적 자아로의 불연속적 세계를 극복하고, "해가 산마루에 저물어도", "해가 산마루에 올라와도", "땅이 꺼져도 하늘이 무너져도"에 나타난 바와 같이 외적 세계 변화에 굴복하지 않고 '당신'과의 화해로운 관계를 지향하고자 한다. 이는 동일성 상실의 부재적 시간 의식을 극복하고, 영원성의 시간을 통하여 '나의 애인이었던 당신'과의 자아 동일성 회복의 세계 인식이다. 여기서 '나의 애인이었던' 과거의 '당신'의 상실감을 '때가 되면,/그림자같이 가오리다'는 미래 지향의 문맥에서 자아의 적극적 미래 지향적 삶의 인식을 확인할 수 있다. 따라서 김소월의 자아 동일성 회복의 세계 인식은 과거를 초탈하여 미래적 삶의 가능성인 '미래'를 향하여 현대적 삶의 상실감을 벗어나려 했다. 이러한 '나의 애인이었던 당신이여' '때가 되면,/그림자같이 당신한테로 가오리다'의 자아 동일성을 확보하려는 세계 인식은 바로 과거를 미래화하는 재생적 시간 의식의 표현이라 할 수 있다.

　이와 같은 불연속적 현실 세계를 벗어나 자아 동일성 회복을 지향하려는 세계 인식은 「묵념」에서는 "나는 무심히 일어 걸어 그대의 잠든 몸 위에 기대어라/움직임 다시 없이, 만뢰는 구적(俱寂)한데,/조약(照躍)히 나려비추는 별빛들이/내 몸을 이끌어라, 무한히 더 가깝게"(3연)라는 '별빛'과 '내 몸'의 승화된 정신 세계의 합일 지향적 상상력의 세계로 나타나기도 한다. 따라서 「해가 산마루에 저물어도」에서 김소월의 자아 동일성 회복의 세계 인식은 "다시는, 나의 이러한 맘뿐은, 때가 되면,/그림자같이 당신한테로 가오리다"라는 '나'와 '당신'의 적극적 동일성을 띤 자아 의식을 담고 있다. 이러한 자아의 적극적 태도는 동일성 상실의 세계 인식에서 보인 분열적 자아의 감상적 공간 의식의 표출이라든가, 막연한 몽상적 호흡을 극복하고 '나'와 '당신' 혹은 '님'과의 동일성이 획득된 자아로의 정신 지향을 보이고 있다.

　　'가고 오지 못한다'는 말을
　　철없던 내 귀로 들었노라.
　　만수산萬壽山 올라서서
　　옛날에 갈라선 그 내 님도

오늘날 뵈올 수 있었으면.


나는 세상 모르고 살았노라,
고락苦樂에 겨운 입술로는
같은 말도 조금 더 영리하게
말하게도 지금은 되었건만.
오히려 세상 모르고 살았으면!


'돌아서면 무심타' 는 말이
그 무슨 뜻인 줄을 알았으랴.
제석산帝昔山 붙는 불은 옛날에 갈라선 그 내 님의
무덤의 풀이라도 태웠으면!

—「나는 세상 모르고 살았노라」 전문


만일에 그대가 바다난 끝의
벼랑에 돌로나 생겨났더면,
둘이 안고 굴며 떨어나지지.


만일에 나의 몸이 불귀신이면
그대의 가슴 속을 밤도와 태워
둘이 함께 재되어 스러지지.

—「개여울의 노래」 부분


보아라, 그대여, 서럽지 않은가,
봄에도 삼월의 져가는 날에

붉은 피같이도 쏟아져나리는

저기 저 꽃잎들을, 저기 저 꽃잎들을.

—「바다가 변하여 뽕나무밭 된다고」 부분

「해가 산마루에 저물어도」에서의 '나'와 '당신'과의 일체성 획득을 이루려는 자아 의식은 「나는 세상 모르고 살았노라」에서 만수산을 올라서서 옛날에 갈라선 '님'을 다시 뵈올 수 있기를 바라고 있는 자아 의식으로 나타났다. 이는 삶의 고락에 겨워 세상 모르고 살아온 이제까지의 자신의 삶의 태도를 반성하고 '돌아서면 무심하다'고 말한 님의 깊은 뜻을 깨닫고 '제석산 붙는 불'을 통하여 님의 무덤이라도 태웠으면 바라고 있는 데서 님과의 일체성을 이루고자 한다. 이는 「개여울의 노래」에서도 동일한 태도를 담고 있다. '나의 몸이 불귀신이면'이라는 가정적 문맥을 상정하면서, "그대의 가슴 속을 밤도와 태와/둘이 함께 재되어 스러지지"라는 강렬한 동일성 회복의 태도를 보여준다. "둘이 함께 재되어 스러지지"에 함축된 의미는 분열된 자아의 갈등과 고뇌를 해소하고, 재생의 통합적 자아로 나아가겠다는 잠재된 의식이 깔려 있다. 그것은 「바다가 변하여 뽕나무밭 된다고」에서도 '나'와 '그대'는 "봄에도 삼월의 져가는 날에/붉은 피같이도 쏟아져나리는/저기 저 꽃잎들"을 보면서 서러움을 동감하려는 자아의 태도로 나타난다. 이러한 김소월의 적극직인 자아 동일성 추구는 그의 「박넝쿨타령」에서 "박넝쿨이 에헤이요 벋을 적만 같아선/가을 올 줄을 얼사쿠나 아는 이가 적더니/얼사쿠나 에헤이요 하루밤 서리에, 에헤요/잎도 줄기도 노구라 붙고 둥근 박만 달렸네"의 역설적 의미를 민요의 율격 속에 수용하면서 삶의 슬픔을 역동적으로 극복하려는 태도[20]를 담고 있기도 하다.

위의 「개여울의 노래」에서 김소월의 자아 동일성의 시적 자세는 '나',

'불귀신', '재'로, 「바다가 변하여 뽕나무밭 된다고」에서는 '나', '붉은
피같이도 쏟아져나리는 꽃잎', '그대' 등으로 변환되면서 '나'와 '그대'
가 일체성을 이루려는 태도로 나타난다.

> 저 보아, 곳곳이 모든 것은
> 번쩍이며 살아 있어라.
> 두나래 펼쳐 떨며
> 소리개도 높이 떴어라.
>
> 때에 이내몸
> 가다가 또다시 쉬기도 하며,
> 숨에찬 내가슴은
> 기쁨으로 채워져 사뭇 넘쳐라.
>
> 걸음은 다시금 또 더 앞으로……

—「들돌이」 부분

> 세계의 끝은 어디? 자애慈愛의 하늘은 넓게도 덮였는데,
> 우리 두 사람은 일하며, 살아 있어서,
> 하늘과 태양太陽을 바라보아라, 날마다 날마다도,
> 새라새로운 환희歡喜를 지어내며, 늘 같은 땅 위에서.

---

20) 이러한 김소월의 정서적 태도는 다음의 그의 「시혼(詩魂)」 속에 잘 드러난다. "적막한 가운데서 더욱
사무쳐 오는 환희를 경영하는 것이며, 고독의 안에서 더욱 보드라운 동정(同情)을 알 수 있는 것이며,
다시 한 번, 슬픔 가운데 서야 보다 더 거룩한 미행(善行)을 느낄 수도 있을 것이며"(김소월, 「시혼
(詩魂)」, 『개벽(開闢)』, 59호, 11쪽).

다시 한 번 활기活氣있게 웃고 나서, 우리 두 사람은

바람에 일리우는 보리밭 속으로

호미 들고 들어갔어라, 가지런히 가지런히,

걸어 나아가는 기쁨이여, 오오 생명生命의 향상向上이여.

—「밭고랑 위에서」 부분

　위의 「들돌이」, 「밭고랑 위에서」는 김소월의 적극적 자아 동일성 회복의 시적 자아 의식이 두드러진 작품들이다. 그것은 「들돌이」에서 "걸음을 다시금 또 더 앞으로……"의 시행 속에 담긴 화자의 정신 지향에서 확인된다. 동일성 획득의 시적 자아는 분열된 자아 감정에서 벗어나, "기쁨으로 채워져 사뭇 넘"치는 감정의 충일 상태에 젖어 있다. 이러한 기쁨이 넘치는 감정 양상은 동일성을 이룬 자아의 감정 표출이며, 이는 "다시금 또 더 앞으로" 나아가는 정신 지향의 태도를 띠고 있다. 「밭고랑 위에서」도 "활기있게 웃고 나서, 우리 두 사람은/바람에 일리우는 보리밭 속으로" 기쁨에 젖어 걸어가며 "생명의 향상"을 느끼는 충일한 감정 상태에 젖어 있다. 이들 「들돌이」와 「밭고랑 위에서」에 담긴 자아의 동일성 회복의 의미는 '들'과 '밭고랑'의 대지적(大地的) 상상력의 원형적 공간 인식이 자리잡고 있다. '들'과 '밭고랑'은 모성적 상징 체계이며, 이는 생산과 재생의 공간 상징이다.21) 따라서 김소월의 동일성 회복의 자아 의식도 '재생과 생산의 상징' 공간을 매개로 하면서 슬픔과 고통을 극복하고 기쁨이 넘치는 자아의 적극적 의식 지향을 보이고 있다.

---

21) 김소월의 이러한 시적 인식은 "가장 높이 느낄 수도 있고, 가장 높이 깨달을 수도 있는 힘, 또는 가장 강하게 진동(振動)이 맑아지게 울려오는 반향(反響)과 공명(共鳴)"(김소월, 「시혼(詩魂)」, 앞의 책, 같은 곳)이라는 문맥에 잘 나타난다.

## 5. 맺는말

이상에서 김소월의 시에 나타난 자아의, 현실과 세계에 대한 의식 과정과 세계 인식의 태도를 살펴보았다. 시인의 세계 인식은 사회 현실을 대상화하여 민족의 삶의 공동화에 의해서 형성된 문화적·정신적 세계에 대한 존재론적 인식을 담고 있다. 시적 자아와 세계는 상호 작용하며 자아의 의식 작용은 그 시인의 사회 현실에 대한 세계 인식을 드러낸다. 즉, 자아의 존재론적 인식은 세계에 대한 자아의 성찰과 자아의 발견, 그리고 세계와의 상호 교감을 통해 세계를 자아화한다는 것이다.

김소월의 시에 나타나는 세계 인식도 당대의 문화적·정신사적 문맥 안에서 민족의 주체성 상실의 현실적 삶의 정서들을 자아화하여 상실과 부재적 현실을 극복하려 하였다. 따라서 김소월은 한국 근대시 형성의 초창기에 있어 주권 상실의 민족 현실을 자아화하여 민족의 감성적 기층에 작용하는 민중 정서를 적극적으로 수용한 시인이라는 시사적 의의를 지니는 시인이라 할 수 있다. 그의 시는 주권 상실의 현실을 부재적 상황으로 상징화하여 민족 주체 상실의 현실을 정신적으로 벗어나려 하였다. 그러면 이러한 김소월의 시에 나타난 자아의 세계 인식을 개괄적으로 정리하여 이를 결론으로 삼고자 한다.

1) 그의 시에 나타난 자아의 세계 인식은 주체 상실의 불연속적 삶의 정서를 수용하여 민족 공동체적 일체감을 형성하는 소재들을 대상화하여 낭만적·민중적 정감의 세계로 확대 심화하려는 의식을 지향하였다.

2) 그의 자아 동일성의 세계 인식은 현실의 부재적 상황을 자아화하여 민족 주체성 상실의 세계를 회복하고자 하였으며, 이는 민족의 삶의 정서적 자장과 긴밀한 관계를 지니고 있었다. 특히 '님', '어머니', '집'

의 상실을 상징화하여 삶의 보편성과 연속성을 회복하려는 정서의 사회화의 의미를 지닌다.

3) 그의 자아 동일성 상실의 세계 인식은 존재의 궁극적 삶이 억압당한 현실을 부재적 상황으로 내면화하여 소외와 상실의 정서를 초월하려 하였다. 현재적 시간의 부재 의식으로 '과거'나 '미래'의 '먼 후일' 등의 상징적 시간과, 또한 그의 공간의 부재 의식으로 나타난 '삭주구성'과 '삼수갑산', '저만치' 등의 공간의 상징화를 통해 자아의 동일성을 지향하고 있다.

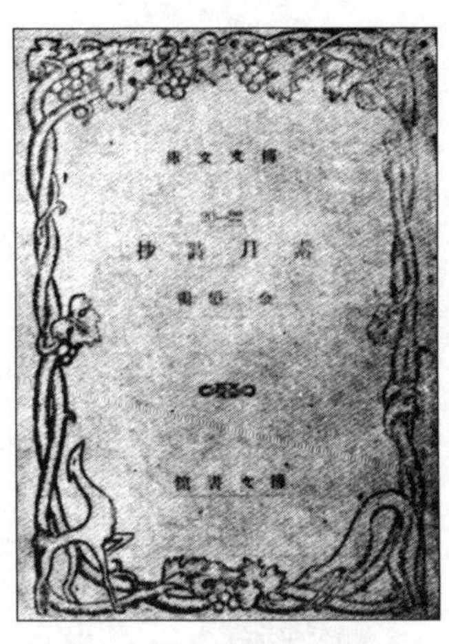

1939년에 박문서관에서 문고판으로 발행한 『소월시초(素月詩抄)』.

4) 이러한 그의 동일성 상실의 세계 인식은 상실된 역사 속에서 자아의 존재 의미를 탐색하는 역사 의식을 강화하면서, 자아의 세계에 대한 반성, 확인, 통합적 자아 의식으로, 나아가 현재적 삶을 초월하여 현재와 과거의 의식에서 벗어나 삶의 미래화를 통하여 영원성의 시간 즉 재생적 시간을 통해 현실 세계를 극복하고 자아 동일성 회복을 추구하였다.

5) 그의 자아 동일성 회복의 세계 인식은 민담적 소재를 수용한 「박넝쿨타령」을 비롯하여 그의 「들돌이」, 「밭고랑 위에서」, 「나는 세상 모르고 살았노라」, 「바다가 변하여 뽕나무밭 된다고」 등의 후기의 사회 현실적 상황을 적극적으로 소재화한 시들에서 재생과 생산적 세계를 통하여 자아 동일성 회복의 세계 인식으로 확대되어 나갔다.

6) 이러한 그의 자아 동일성 회복의 세계는 암담한 현실을 극복하려는 상징적 장치로 '과거'나 '미래'의 시간으로 상징화되어 슬픔과 고통의 정서에서 기쁨과 즐거움을 추구하는 대지적 세계와 자연적 공간 세계로 역동화되었다.

십대들을 위한

# 김소월 시어사전

주요 시어 풀이/김소월 연보/김소월의 문학세계

## ·········· 주요 시어 풀이 ··········

### ■ 「풀따기」

**해적해적** 물이 찰랑거리며 잔잔하게 움직이는 모양.

**맘해 보아요** 마음에 두어 보아요.

### ■ 「옛이야기」

**어스레한** 어스럼한 빛. 밝지 않고 희미한 불빛.

### ■ 「님의 노래」

**고적한** 외롭고 쓸쓸한.

### ■ 「님에게」

**축업은** '축축한' 의 평안 방언.

### ■ 「봄밤」

**거무스레한** 검은 듯한.

**깃나래** '깃' 과 '날개' 의 합성어.

**감색** 검은빛을 띤 푸른 빛깔의 색. 청색(靑色)과 자색(紫色)의 중간색.

**줄도 없이** 까닭도 없이.

### ■ 「꿈꾼 그 옛날」

**어스름** 새벽이나 저녁의 어스레한 빛.

**함빡히** 함빡. '흠뻑' 의 작은 말.

### ■ 「꿈으로 오는 한 사람」

**나이 차지면서** 나이 들면서.

**가늣한** 가느다란.

**야젓이** '의젓이' 의 작은 말.

**일어라** 일어나라.

**홰치는 소리** 닭이나 새가 날개를 탁탁 치는 소리.

**빗보고는** 빗보다. 실제와 다르게 보다. 착각하여 잘못 보다.

### ■ 「봄비」

**어룰없이** '어룰' 은 '얼굴' 과 대응하는 평안 방언으로, 문맥상 '덧없이' 라고 해석할 수 있음.

### ■ 「비단안개」

**때러라** 때려라.

**홀목숨** '혼자 사는 목숨' 을 줄인 말로, '혼자 사는 사람' 을 뜻함.

**당치맛귀** 당(唐)치마의 귀. 당(唐)옷이나 당의(唐衣)는 중국으로부터 전래된 옷으로, 조선시대 여자들이 저고리 위에 덧입었던 예복의 하나이다. 일명 '당저고리' 라고도 한다. 당치마가 있었는지는 확실치

않다. 당치맛귀는 당옷의 끝자락에 덧붙인 긴 헝겊조각을 의미하거나, 혹은 당치마의 끝자락에 덧붙인 긴 헝겊조각을 뜻한다.

■「기억」

**싀멋없이** 생각없이 멍하니.

**적이** 적삲이.

**머릿길** 머리카락.

**단장** 나지막한 담.

**슷고** 스치고.

■「그를 꿈꾼 밤」

**야밤중** 한밤중.

**뒤채도** 기본형은 '뒤척이다'. 뒤척여도.

■「서울 밤」

**그무립니다** 그물거리다. 전등 불빛이 꺼질 것처럼 약해지거나, 흐릿해지다.

**어스릿합니다** 어스레하다. 빛이 어둑어둑하다.

**흐득여** 흐느껴.

■「가을 아침에」

**퍼스릿한** 형용사로 기본형은 '푸르스름하다'. '퍼(靑)'에 접사 '-스려'가 붙은 말.

**섭나무** 잎나무, 풋나무, 물거리 따위의 땔나무를 통틀어 일컫는 말.

**멧꼴** 산골.

**가주난** 기본형은 '갓나다'. 금방 낳다. 갓 낳은. '가주난 아기'는 '갓난아이'리는 뜻.

**속살거려라** 기본형은 '속살거리다'. 잇달아 속닥거리는 소리가 나다.

■「여자의 냄새」

**추거운** 축축한.

**어즐이는** 어즐이는.

그무러진 그무레지다. 약간 침침해지며 흐릿하다.

**어우러져** 기본형은 '어우르다'. 한 덩어리가 되어.

**장사** 죽은 사람을 묻거나 화장하는 일.

**그물안개** 그물 모양의 안개.

■「가을 저녁에」

**성깃한** '성긋하다(이리저리로 사이가 떠서 빈 자리가 많다)'의 활용형.

**잦을** '잦다(설레이던 기운이 잠짐해지거나 가라앉다)'의 활용형.

■「꿈 2」

**헤적임** '헤적이다(들추거나 파서 헤치다)'의 명사형.

■「황촉불」

**황촉불** 밀초불. 밀랍으로 만든 초에 켜진 불.

■「맘에 있는 말이라고 다 할까보냐」

**위선** 우선.

**제각금** 저마다 각각. 사람마다 각각.

**비위** '지라와 위'를 아울러 부르는 말에서 온 말로, 무엇을 먹고 싶거나 하고 싶은 기분이나 생각. 잘 삭여내거나 원만하게 상대해내는 성미를 나타냄.

**매마쟈고** 매매(賣買)하자고. 팔고 사자고.

■「나의 집」

**멧기슭** 산기슭.

**그대인가고** '그대인가 하고'를 줄인 말.

■「여름의 달밤」

**하늘로써는** 하늘로부터는.

**멱감을러라** '멱감다('미역감다'의 준말로 물속에 몸을 담가 씻거나 놀다)'의 활용형.

**숫듯이** 스치듯이.

**눅잦추는** 눅신하게 잇달아 풍겨오는. '눅잦추다' 는 '눅' 과 '잦추다' 의 결합형.

**식새리** 쓰르라미. 저녁 매미.

**그무리며** '그물대다'. 그물거리다. 뚜렷하지 않게 흐려지다. 밝은 빛이 약해지다.

■「바리운 몸」

**바리운 몸** 버림받은 몸.

**머구리** 개구리.

**꾀어드는** 꾀다. 모여들다.

■「물마름」

**재갈이던** '재잘거리던' 의 평북 방언.

**남이장군** 조선시대의 장군(1441~68). 17세기에 무과에 장원급제하여 세조의 총애를 받았음. 이시애의 난을 평정하고, 28세에 병조판서가 되었음. 유자광의 모함을 받아 주살(죄를 물어 죽이는 것)됨.

**찌엇던** 줄어들었던.

**무산** 함경북도 무산군의 군청 소재지. 두만강을 넘으면 중국 간도지방에 다다르는 국경의 요충지대.

**도독된** '도독' 은 씀바귀의 독. 심하게 독에 상한.

**다북동** 홍경래가 거사의 본거지로 삼았던 가산의 동 이름.

**정주성** 평안북도 남서해안에 위치한 정주군 내의 성. 1881년 12월 2천여 병력을 동원하여 평서대원수를 자칭하며 난을 일으켰던 홍경래가 최후를 마침.

**숫기** '숯' 의 함경 방언.

---

### 김소월(金素月) 연보

**1902년(1세)** 9월 7일(음력 8월 6일) 평안북도 구성군 왕인동 외갓집에서 출생. 부 김성수, 모 장경숙. 고향(본적)은 평안북도 정주군 곽산면 남서동(일명 남산동) 569번지. 본명은 정식(廷湜)이고 필명/아호는 소월(素月).

**1904년(2세)** 부친이 정주 · 곽산간 철도를 가설하던 목도꾼들에게 몰매를 당했고, 이로 인해 정신이상을 일으켜 죽을 때까지 폐인 생활을 하였음. 한때 광산업에 종사하여 재산을 모으기도 했던 조부 김상도에게 각별한 사랑과 보살핌을 받고 자라남.

**1905년(3세)** 을사조약이 체결되어 식민지화의 길로 치닫게 됨. 이때를 즈음하여, 유학과 한문에 소양이 높은 할아버지의 훈도 밑에서 구학문을 배우기 시작했고, 수많은 민담 · 민화 등을 들려주었던 숙모 계희영(桂熙永)이 숙부 응열(應悅)에게 시집옴으로써 소월은 그녀로부터 많은 영향을 받게 됨.

**1909년(7세)** 사립 남산학교 입학(2학년으로 편입).

**1915년(13세)** 남산학교 졸업. 4월에 오산학교 중학부에 입학, 이때 같은 학교에 재직하고 있던 스승 안서 김억의 영향 아래 시를 쓰기 시작. 이때 소월시의 원천(源泉)이 된 한시 · 민요 · 서구시 등을 본격적으로 접했던 것으로 추정됨.

**1916년(14세)** 세 살 연상인 구성군 평지동의 홍명희의 딸 단실과 결혼.

**1920년(18세)** 「낭인의 봄」 등을 『창조』에 발표하여 등단. 「그리워」(『창조』 5호, 1920. 3.) 등과 「거친 풀 흐트러진 모래동으로」(『학생계』 창간호, 1920. 7.)를 발표하여 적극적인 작품 활동을 시작함. 「춘조」를 『학생계』(3호, 10.)에 발표.

**1922년(20세)** 배재고보 5학년에 편입.

**1923년(21세)** 배재고보(7회)를 우수한 성적

■ 「바라건대는 우리에게 우리의 보습대
　일 땅이 있었더면」

**저물손에** 저물 무렵에.

**저저** 저마다.

■ 「저녁때」

**마소** 우마(牛馬). 말과 소.

**적적히** 조용하고 쓸쓸히.

**엉머구리** 개구리의 일종.

**낫추** 낮참고. '낫추'는 '낮참고'의 변이형.

**에서** 여기서.

**새** '사이'의 준말.

■ 「무덤」

**헤내는** 헤어나게 하는. 벗어나게 하는.

**서리워** '서리다(김이나 안개가 끼거나 어
리다. 나무 줄기나 가지가 얼키다)'의 활

서울 남산에 세워진 김소월 시비.

용형.

**형적 없는** '형적(形迹) 없다(형상과 자취가
없다. 모습의 흔적이 없다)'의 활용형.

■ 「찬 저녁」

**모도리** 모서리. 모퉁이. 평북 방언.

**눈석이물** 눈석임물. 눈이 녹은 물.

---

(총 44명 중 4등)으로 졸업. 고향에 돌아와
한동안 아동교육에 종사. 도일하여 동경상대
입학. 9월에 관동 대지진으로 귀국. 이후 4개
월간 서울 청담동에서 유숙, 나도향과 사귐.
**1924년(22세)** 김동인 · 김억 · 김찬영 · 임장
화 · 전영택 등과 〈영대〉 동인으로 가담하여
서울에 체류하였으나, 곧 서울 생활을 청산
하고 그의 처가가 있는 평안북도 구성군 남
시(방현)에서 사망할 때까지 동아일보 지국
일을 맡아 보며 소일함.
**1925년(23세)** 유일한 시론(時論)인 「시혼
(詩魂)」(『개벽』 59호, 5.)을 발표하고, 이 해
말 첫시집 『진달내꽃』(12월)을 매문사에서
펴냄.
**1934년(32세)** 12월 24일 오전 8시, 음독 자
살한 시체로 발견됨. 그의 죽음의 원인은 마
약 중독으로 추정됨. 조선중앙일보(12. 30.)
에 「민요시인 소월 김정식 씨의 돌연 사망」
기사가 났고, 『동아일보』(12. 30.)에 소월의

사망을 알리는 기사와 검은 두루마기를 입고
찍은 흐릿한 소월 사진이 소개됨. 구성군 서
산면 평지동 터진고개에 안장됨.
**1939년** 『여성』에 소월의 「박넝쿨타령」 「성
색」 「세모감」 등 유고 시편이 발굴되어 발표
됨. 김억이 박문서관에서 『소월시초』를 펴
냄. 소월의 묘를 서산면 왕릉산으로 이장.
**1956년** 정음사에서 『소월시집』 간행.
**1966년** 1966년 백순재 · 하동호가 양서각에
서 『못잊을 그 사람』을 간행. 시집은 200여
편의 소월시를 원본과 대조하는 작업을 보여
주어 소월시 전집 발간의 초석을 다진 것으
로 평가됨.
**1968년** 3월, 한국일보사에서 한국신시 60년
기념으로 서울 남산 시립도서관 앞에 김충현
(金忠顯)의 글씨로 「산유화」를 새겨 넣은 소
월 시비를 세움.
**1986년** 문학사상사에서 소월문학상을 제정
하여 매년 시상함.

**씨거리는** 씨걱거리는. 찌걱거리는. 의성어 '씨' 와 '-거리다' 의 결합형.

■ 「여수」

**시골** 죽은 사람의 뼈.

**홍문** '홍살문' 의 준말. 능, 원, 묘, 궁전 등의 정면에 세웠던 문. 지붕 없이 둥근 기둥 두 개를 세우고 붉은 살을 박은 문.

■ 「길」

**정주곽산** 정주와 곽산. 곽산군은 1914년 행정구역 개편에 따라 정주군에 통합되었음. 정주군 곽산면.

■ 「개여울」

**않노라심은** '않노라' 와 '하심은' 의 융합형.

■ 「가는 길」

**연달아** 연(連)달아. 연이어. 계속해서 이어지는.

**흐릅디다려** '흐릅디다' 와 '그려' 의 융합형.

■ 「왕십리」

**삭망** 삭망전(朔望奠)의 준말. 음력 초하룻날과 보름날.

■ 「산」

**시메산골** 두메산골. 깊은 산골.

**삼수갑산** 삼수(三水)와 갑산(甲山). 삼수는

사후 발간된 김소월의 시집들.

함경남도 삼수군의 읍. 갑산은 함경남도 갑산군의 면.

■ 「널」

**겹지** 형용사로, 기본형은 '겹다'. 정도가 지나쳐서 견뎌내기 어렵다.

■ 「접동새」

**아우래비** '아홉 오라버니' 를 줄인 말.

**진두강** '진두(津頭)' 는 나루를 뜻함. 진두와 강(江)의 합성어인 강나루. 혹은 진두라는 강.

**불설워** 부끄럽고 서러워. 평북방언. '불' 과 '섧다' 의 결합형. 혹은 '불쌍하다' 와 '섧다' 의 합성어.

**오랩동생** '오라버니' 와 '동생' 을 아울러 일컫는 말.

**야삼경** 한밤중 야(夜)와 삼경(三更)의 결합형. 삼경은 밤 11부터 새벽 1시까지.

■ 「산유화」

**갈** '가을' 의 준말.

■ 「집 생각」

**창파** 큰 바다의 푸른 물결.

**향안** 향로를 바치는 상.

**향탑** 향을 담는 합. 향을 담는 그릇.

**환고향** 금의환향(錦衣還鄉)을 풀어 쓴 말. 성공하여 고향에 돌아오다.

**까투리** 암꿩.

**첩첩** 첩첩(疊疊). 겹겹.

■ 「부귀공명」

**두여덟** 좋은 연광(年光). '두여덟' 은 2×8, 즉 16을 뜻하며, '연광' 은 나이를 뜻한다. 즉 16세의 좋은 나이라는 뜻.

**살음즉이** 사는 것 같이. 살은 듯이.

■「하다못해 죽어달래가 옳나」

**굴꺼풀** 굴의 껍질.

**어득어득** 어둑어둑.

**울지는** 울부짖는.

■「꿈길」

**거츠는** '걷히는'의 옛말.

■「희망」

**숙살스러운** 을씨년스러운. 스산하고 썰렁한.

**우무주러진** 우므러들고 오그라진. 우물어들고 줄어진.

■「나는 세상 모르고 살았노라」

**만수산** 개성 송악산의 다른 이름. 중국 북경시 북서쪽 교외에 있는 산. 경치가 아름답기로 유명한 명승지로서 '완소우산'이라고 불리기도 한다. 태종 이방원의 시조에도 만수산이 등장한다. 소월의 고향 근처 산을 지칭한다는 견해도 있으나, 정주 근방의 산이름에는 전혀 등장하지 않는다.

**제석산** 높이 218m의 잔구(殘丘)로서 정주 평야에 있는 작은 산.

■「강촌」

**청노새** 푸른빛을 띤 노새.

**백년처권** 처권은 아내와 친족(親族)을 뜻함. 백년 가족. 백년 식구.

**길세 저문** 날이 저문. 날씨가 저물은. 평북 방언 '길세'는 '날씨'를 뜻함.

■「개아미」

**개아미** 개미.

■「개여울의 노래」

**개여울** '개'와 '여울'의 결합형. 개는 강이나 내에 바닷물이 드나드는 곳, 혹은 개울을 뜻함. 여울은 물살이 세고 빠르게 흐르는 곳을 말함.

**영** 영(嶺). 재.

**미욱한** 형용사로 기본형은 '미욱하다'. 됨됨이가 어리석고 미련하다.

**굴며** 기본형은 '구르다'. 구르며.

**불귀신** 불을 맡아 다스리거나 불을 낸다고 하는 귀신.

**밤도와** 밤새도록.

**태와** 태워.

■「구름」

**애스러라** '애(哀)스럽다(가엽고 애처롭다)'의 활용형.

**못한대서** 못 한다고 하여서.

■「님의 말씀」

**독엣물** 독(물동이)에 담아 놓은 물.

**찌었지마는** 말라서 줄어들었지마는.

**살** 화살.

**표적이외다** 표적입니다.

**죽지** 날개.

**길신가리** 길일(吉日)을 정해 죽은 사람의 복을 빌어 주는 것. '길신(吉辰)'과 '가리'의 결합형.

■「두 사람」

**감발** 발감개. 발감개를 한 차림새.

**길심매고** 길을 떠날 때 옷의 차림새를 단단하게 여미다.

■「깊고 깊은 언약」

**멧나물** 산나물.

**얼결** 엉겁결. 갑자기, 얼떨결.

■「촛불 켜는 밤」

**저저마다 있노라** 저마다 각각 있노라.

**솔대** 소나무와 대나무.

■「달맞이」

**새라** 새로운.

**삼성** 오리온(Orion) 자리에 있는 삼성(參星). 오리온 자리는 겨울철 남쪽 하늘의 별자리인데, 눈에 띄기 쉬워 겨울 밤하늘의 왕자라고 할 수 있는 별자리이다. 그리스 신화의 용사 오리온을 상징하며, 3개의 별은 용사의 띠에 해당한다.

■「닭은 꼬꾸요」

**감도록** 감을수록.

**깁섬** 비단섬. 깁은 라비단(羅緋緞)을 뜻함. '깁'과 '섬'의 합성어로 대동강의 능라도(綾羅島)를 지칭함.

**엊저녁** '어제 저녁'의 준말.

■「묵념」

**걸어앉아** '걸어앉다(높은 곳에 궁둥이를 붙이고 두 다리를 늘어뜨리고 앉다)'의 활용형.

**늘이우고** '늘이우다(늘리다. 아래로 두 다리를 길게 늘어지게 하다)'의 활용형.

**먼첨** 먼저.

**액맥이** 앞으로 닥칠 액운(厄運)을 미리 막는 일.

**비난수** 소망하는 것을 귀신에게 기원(祈願)하며 공을 드리는 일.

**만뢰는 구적한데** 만뢰구적(밤이 깊어 아무 소리도 없이 적막하고 고요함)을 풀어 쓴 말.

**조약히** 빛이 밝게 비치는 모양을 나타내는 말.

■「불운에 우는 그대여」

**북고여라** '북고이다(물결이 기운차게 몰

려와 거품을 일으키다)'의 활용형.

■「실제」

**잽시빨리** '재빨리'라는 뜻의 평안 방언. 매우 날쌔게.

**산마루** 산등성이의 가장 높은 곳.

**예서** 여기서. 이곳으로부터.

**발부리** 발끝의 뾰족한 부분. 족첨(足尖).

■「애모」

**영창** 방과 마루 사이에 낸 두 쪽의 미닫이 창.

**구중궁궐** 깊은 대궐. 구중심처(九重深處).

**오요한** 깊숙하고 가장 구석진. 원래 오(奧)는 방의 서남쪽 모퉁이를 뜻함.

**용녀** 용왕의 딸.

**환연한** 환연(渙然)한. 한 점의 의혹도 없이 맑은.

**이대도록** 이토록.

■「엄숙」

**저프고** '저프다('두렵다'를 옛스럽게 이르는 말)'의 활용형.

■「오는 봄」

**두던** 두덕. 둔덕.

**망상거림** 이리저리 생각만 하고 태도를 정하지 못하는 모습. 주저하면서 망설이는 태도.

**여이고** 여이다. 여의다. 사별(死別)하다. 멀리 떠나 보내다

■「원앙침」

**원앙침** 원앙을 수놓은 베개.

**두동달이 베개** 두동베개. 부부가 함께 베는 긴 베개. 주로 신혼 부부가 베고 잔다. '원앙침'의 평북 방언.

접동 두견(杜鵑). 두견새. 소쩍새. 두견이 과
에 속한 새. 뻐꾸기와 비슷하나 훨씬 작음.

조히 조용히.

울것다 '울-'과 '것이다'의 결합형.

### ■「우리 집」

이바루 이 정도. 일정한 정도의 거리나, 대
략적인 거리의 정도를 지칭하는 빌. 평북
방언.

하느편 서쪽.

### ■「자나 깨나 앉으나 서나」

하나이 하나가. 주격조사 '-가'가 발달하기
이전에는 '-이'가 주로 사용되었다.

허수한 공허하고 서운한.

심사 마음속으로 생각하는 일.

아니도 '아니'와 '도'의 결합형. '도'는 강
조를 나타내는 특수조사.

### ■「전망」

우멍구멍 평탄하지 못한 모양. 고르지 않은
상태.

남편 남(南)쪽.

소삭한 기본형은 '소삭하다'. 쓸쓸하고 고
요한.

그림장 그림을 그린 종이. 장은 얇고 넓적
한 물건의 조각을 뜻함.

사냥바치 사냥꾼. 사냥과 '-바치'의 결합
형. '-바치'는 인칭 접미사.

만산편야 온산과 들에 그득히 덮임.·

### ■「지연」

지연 종이연(鳶). 종이에 대나무 가지를 붙
여 실로 꿰어 공중에 날리는 장난감.

### ■「첫치마」

집난이 시집간 딸.

평안북도 정주에 있던 오산학교 교사. 김소월은 이 학교
에서 스승 김억을 만나 시를 쓰기 시작한다.

함빡히 함빡. '흠뻑'의 작은 말.

### ■「추회」

추회 지난 뒤에 후회함.

닫던 기본형은 '닫다.' 달리던. 빨리 가던.

순막집 주막집.

석양손 석양 무렵.

조으는 동사로 기본형은 '졸다'. 조는.

### ■「합장」

헤적여라 헤적거리는.

가까인 가까운. 가까이에는.

이마즉 거리의 정도를 나타내는 '이만큼'
의 약한 말인 '이마큼'에 해당한다.

### ■「후살이」

후살이 여자가 다시 시집가서 사는 일. 개
가(改嫁). 재가(再嫁).

일레요 '일일레요/래요'의 준말.

### 그리움과 사랑의 노래

소월의 시가 오랫동안 많은 사람들로부터 애송되는 이유는 기본적으로 인간 본연의 그리움과 사랑을 노래했기 때문이다. 소월 시의 대다수는 남녀간의 연모와 이별의 슬픔, 그리움, 한 등 비극적 사랑의 애절한 사연을 담은 연시라고 할 수 있다. 그리고 소월 시에 자주 등장하는 전원 심상과 향토적인 소재들도 친근감을 높여 주는 요소로 작용한다. 그러나 무엇보다도 탁월한 리듬 감각으로 우리의 전통 가락을 살려냄으로써 소월은 대중적 공감과 친화력을 확대할 수 있었고, 명실공히 민족시인, 민중시인이 되었던 것이다.

▲ 소월의 첫시집 『진달내꽃』.

### 서정적 분위기의 비극적 아름다움

소월의 시는 보편적인 정서에 밀착되는 자연 발생적인 정감에 바탕을 두면서도 한편으로는 존재론적인 측면을 내포하는 특징이 있다. 대표시 「산유화」는 산에서 꽃이 피고 지는 지극히 자연스런 생명의 순환 질서를 통해 탄생과 소멸이라는 존재의 원리를 깨닫게 하는 시이다. 「진달래꽃」 역시 이별의 정한을 노래한 데서 나아가 피고 지는 꽃의 원리와 태어나고 죽는 인생과 자연의 원리를 포괄해 놓은 것으로 볼 수 있다.

소월의 시는 지속과 중단, 변화 등 흐름의 원리에 기초를 두고 있어 인생과 자연의 원리를 지속적인 것으로서 드러낸다. "그립다/말을 할까/하니 그리워//그냥 갈까/그래도/다시 더 한번……"(「가는 길」) 같은 구절에서처럼 지속과 변화의 반복으로 감정의 갈등과 긴장을 형성하게 된다. 「왕십리」 같은 시에서도 '가는 것'과 '오는 것'으로서의 사랑이 내포하는 긴장과 갈등을 '비'라고 하는 지속과 중단, 그리고 변화의 상징을 통해서도 드러낸다.

흐름을 나타내는 물의 이미지 외에 소월 시에서는 달의 이미지가 자주 쓰여 특유의 여성적 어법과 서정적 분위기에 걸맞는 비극적 아름다움을 창출한다. 「예전엔 미처 몰랐어요」 「원앙침」 「애모」 등 많은 시에서 사랑과 그리움의 정서가 달의 심상으로 표출되면서 미적인 성취를 획득하고 있다. 이러한 달의 상상력에서 소월 시가 근본적으로 비극적인 사랑과 탐미적인 서정성에 비중을 두고 있음을 알 수 있다.

▲ 『못 잊을 그 사람』.

## 토속적이고 전통적인 한의 정서

소월 시에서는 또한 죽음에 관한 인식을 드러내는 시가 많다. 「금잔디」 「하다못해 죽어달래가 옳나」 「접동새」 「초혼」 등의 시에서 죽음에 대한 강한 집착을 엿볼 수 있다. 사랑하던 사람의 죽음으로 인한 충격과 절망, 비판과 허무감 그리고 미련과 안타까움 등 심리 변화를 드러내는 시 「초혼」은 격렬한 통한의 절규이다. 마찬가지로 죽음의 문제를 다룬 시이지만 「접동새」의 성우는 죽음의 슬픔을 토속적이고 전통적인 한의 정서로 초극하고 있다.

대부분의 소월 시가 소극적이고 부정적인 삶의 태도를 나타내는 데 비해 건강하고 진취적인 민중적 생명력을 담고 있는 시들도 있다. 「밭고랑 위에서」는 한낮이 배경을 이루는 시로 하늘과 태양을 바라보면서 일하는 기쁨, 살아 있는 기쁨을 능동적으로 노래한다. 노동을 통한 삶의 고양을 강조하는 이러한 시들은 이 땅의 험난한 역사를 실질적으로 이끌어 온 강인하고 굳센 민중의 힘을 드러내는 것이다. 이러한 노동에 대한 건강한 신념과 의지에도 불구하고 당면했던 식민 치하 상실의 체험이 소월의 시에서는 농토의 상실에 대한 강한 울분과 탄식으로 표출된다. 「바라건대는 우리의 보습대일 땅이 있었더면」이라는 시는 제목부터 현실적·실천적인 노동 의지를 드러낸다. 이 시의 첫 연에서는 노동의 즐거움이 낭만적으로 그려지나 2연에서는 그 꿈의 좌절이, 3·4연에서는 쓰라린 현실의 모습이 제시된다. 이밖에 「옷과 밥과 자유」 등 많은 시에서 당대 현실에 대한 울분과 저항 의식을 발견할 수 있다.

이처럼 소월 시는 표면적으로 비극적 사랑의 슬픔과 정한을 그리면서도, 그 이면에는 존재에 관한 형이상학적인 성찰을 담고 있으며, 또한 이 땅의 고통스런 역사 속에서 삶의 터전을 지켜내고자 하는 현실 극복의 의지가 엿보이는 등 다층적인 면모를 나타낸다.

김소월은 저항시인은 아니었지만 식민지 상황을 파악하는 안목과 현실 인식을 갖고 나라 잃은 설움과 억압을 내면화하고 있었음이 분명하다. 김소월은 '님'과 '사랑'만을 생각한 것이 아니라 조국의 현실에 대한 구체적인 인식을 갖고 나라를 빼앗긴 식민지 소지식인의 풀 길 없는 울분과 희망 없음을 노래한 시인이다. 그 어떤 경우이든 우리 민족의 보편적 정서의 질감과 가락의 정수를 살려냄으로써 이른바 민족시인 또는 민중시인으로서의 풍모를 이룰 수 있었다.

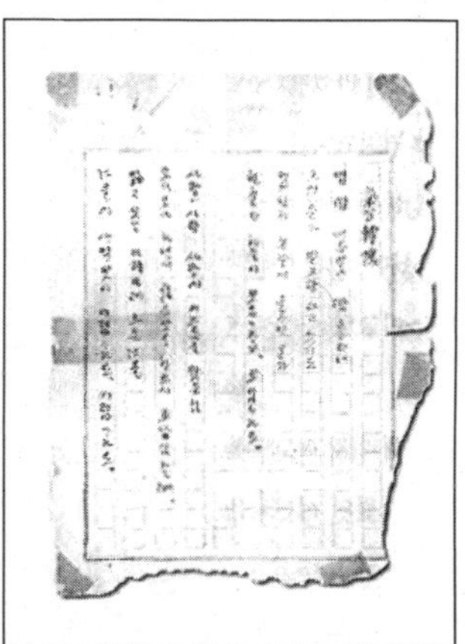

▲ 소월의 친필 원고.

**1**

> 김소월의 시 「예전엔 미처 몰랐어요」에 나타난 김소월의 세계
> 인식이 지향하는 바를 '달'의 의미와 연관시켜 논하시오.

**P**oint  김소월의 세계 인식은 '달'로 표현되는 자연과의 일체감이 단절된 상황에서 출발하고 있다. 시적 자아는 달을 내면적으로 대상화하여 '자아는 곧 달'이라는 설정, 즉 '달'을 자아와 동일시하고 있다. '밤마다 돋는 달'은 '밝은 달'로, 또 '저 달'로 이어지면서 그리움이 설움이 되는 내적인 과정을 거친다. 이 시에는 과거의 무감각과 현재의 그리움·서러움이 극적 상황의 대조를 통해 내재화되어 있다. 이러한 상황적(극적) 아이러니는 두 개의 상황이 완전히 단절되어 있음을 나타내는 데 효과적이며, 그리움과 비극의 정서는 더욱 확대된다. 이것은 주권 상실의 억압적 현실에 의해 민족적 삶의 화해로운 질서가 차단당한 단절감이 함께 깔려 있다. 또한 시적 자아와 자연과의 정서적인 대응 구조가 형성되어 있다. 이는 자연의 객관적인 실체를 시적 자아의 마음과 동일화시키는 것을 통해 민족적 주체 상실의 시대적 현실에 대하여 독자와 공통적인 유대감을 형성하는 데 기여하고 있다.

**2**

> 「접동새」에서 보이는 모(母)상실 의식, 한(恨)의 정서, 현실에 대한 설화적 차용의 특징을 민족 정서와 관련하여 논하시오.

**P**oint  「접동새」에 나타난 모(母)상실 의식은 1연에서 3연까지의 배경으로 등장하던 설화가 4연의 "시새움에 몸이 죽은 우리 누나는/죽어서 접동새가 되었습니다"의 구절에 이르러 시적 화자가 누나로 전환되는 과정을 통해 설화적 주제를 완전하게 수용하고 있다. 이것은 '모(母)

상실'의 삶의 정황을 나타내고 있으며, '한(恨)'이라는 주제를 구체적으로 드러낸다. 이 '한'의 현실적 인식은 주체성 상실의 삶의 고통과 애환을 초월하려는 태도를 담고 있다. 삶의 억압적 현실을 오히려 하나의 대상으로 전환하여 모(母)상실 의식, 한(恨)이라는 민족의 보편적인 정서와 결합함으로써 그 전체성을 회복하려는 시도가 들어 있는 것이다. 설화, 민담의 배경을 담고 있는 이 시의 세계 인식은 이러한 전통적 인식의 삶 속에 동일화함으로써 보편성과 연속성을 지니고 있음을 알 수 있다.

## 3 「님의 말씀」에 나타나는 상실 의식의 의미에 대해 논하시오.

**P**oint 위 시는 '밑그루를 꺾은 나무', '두 죽지가 상(傷)한 새', '꽃필 날은 다시 없는 내 몸'이라는 구절을 통해 자아의 분열과 상실의 의식을 나타내고 있다. 이 상실 의식은 현실로부터 가로막힌 동일성 상실의 감정을 부드러운 율격을 통해 드러내면서 자아의 현실적 삶을 고통스럽게 끌어안고 있다. 이러한 자아의 단절된 고통과 현실로부터 소외와 좌절을 견디는 태도를 통해 세계의 상실감을 극복하려는 정서를 나타낸다. 죽은 님을 그리워하는 여성 화자의 슬픈 노래는 임에 대한 상실 의식을 보여 주는 것을 통해 시적 자아가 님으로 상징되는 세계와 자아의 단절된 상황을 자각하고 있음을 알 수 있다. 또한 그 상실감은 세계에 대한 전체적인 인식으로 확대되고 있다.

**4** 「산유화」에서 보이는 '저만치 혼자서 피어 있네'의 구절이 표현하는 공간적, 심리적 거리감에 대해 설명하시오.

**P**oint 「산유화」에 나타나는 시적 거리는 공간적 거리가 심리적 거리로 전환되는 특징을 가지고 있다. '저만치 혼자서 피어 있네'의 시행 속에 함축된 '저만치'의 공간적 표현은 존재의 외로움을 반영한 심리적 고독과 단절감을 내포하고 있다. 그리움의 심리적 공간으로 전환되어 서정적 자아의 심정을 드러내는 정서적인 태도를 담고 있는 것이다. 이것은 끝연에 이르러 "산(山)에는 꽃 지네/꽃이 지네/갈 봄 여름 없이/꽃이 지네"의 표현을 통해 '저만치'의 공간적 거리가 서정적 자아의 심리 공간으로 전환되어 꽃이 지는 정한의 의미 구조를 이끌어내는 것으로 더욱 확고해진다. 하염없이 꽃이 피고 지는 산의 모습이란 일면 평범하고 일상적인 광경이다. 그 평범하고 일상적인 광경은 '저만치'의 심리적 거리와 만나면서 절대 세계로 바뀐다. 그리고 절대 세계로의 접근 불가능함을 드러내는 역할을 하고 있는 것이다.

**5** 주체 상실의 현실을 극복하는 방식이 김소월의 시 속에서 어떻게 드러나고 있는지 논하시오.

**P**oint 김소월은 주체 상실의 현실을 부재적인 상황으로 인식하고, 이를 초월하려 하였다. 그러한 정서 지향으로 과거의 연속성을 회복하거나 미래 지향의 상상력을 보여준다. 김소월의 시 속에 드러나는 현실의 분열과 갈등의 양상들은 일제 치하라는 주권 상실 시대의 세계관이라고 볼 수 있다. 이러한 자아 상실의 시대 상황을 깊게 인식하고 김소월은 민족의 시대적 정황 속의 보편적인 감정 체계를 수용하고 있다. 또한 그 시에 나타난 자아 상실의 세계 인식이 시대적 상황의 갈등과 분열을 솔직하게 드러내면서도 민족 정서를 회복하고 현실의 고통과 애환을 초월하려는 정서적인 구조로 형상화되어 있다.

**6** 「해가 산(山)마루에 저물어도」의 시적 화자인 '나'와 '당신'과의 관계를 설명하고 그것이 지향하는 바를 논하시오.

**P**oint 시적 화자인 '나'는 '당신'과의 동일성을 이루려는 적극적인 의식 지향을 보이고 있다. 나와 그리운 님으로 상징되는 당신과의 분열을 극복하려는 것을 알 수 있다. "해가 산마루에 저물어도", "해가 산마루에 올라와도", "땅이 꺼져도 하늘이 무너져도"의 구절에 나타난 바와 같이 외적인 세계 변화에도 굴복하지 않고 당신과의 화해로운 관계를 지향하고자 한다. 이것은 동일성 상실의 시간을 극복하고 과거의 애인이었던 당신을 호명함으로써 영원성의 시간을 회복하고자 하는 열망이 드러나 있다. 과거의 '당신'의 상실감을 '때가 되면 그림자같이 가우리다'는 미래 지향의 문맥을 통해 자아의 적극적 미래 지향의 삶의 인식을 확인할 수 있다. 나와 당신의 일체성을 획득하기 위해 과거를 초탈하고 미래를 향해 현재의 상실감을 벗어나려는 노력이 나타나 있는 것이다.

**7** 「진달래꽃」에 등장하는 진달래꽃이 의미하는 바에 대해 논하시오.

**Point** 진달래꽃은 시적 화자의 존재의 분신이라고 할 수 있다. 당신이 가는 이별의 길에 진달래꽃을 뿌리는 화자의 행위는 도전적인 행위이다. 이것은 진달래꽃이 일종의 장애물, 즉 '님'이 밟고 넘어야 하며 건너야 하는 존재의 상징임을 말해 준다. 자신의 전 존재를 내던짐으로써 '님'을 막아서는 화자는 님이 자신을 짓밟고 가지 못할 것이라는 심리가 내재되어 있다. '사뿐히 즈려밟고' 가시라는 표현 또한 나를 넘어서지 못하리라는 모순어법을 포함하고 있는 것이다. 그러나 기어이 님이 떠나간다면 죽음과도 같은 고통 속에서도 눈물 흘리지 않겠다고 말하는 화자의 어조는 이별의 슬픔과 고통을 속으로 삭히고 자신의 상처는 상처 그대로 수용하고 받아들이는 전통적 여인의 정서를 보여주고 있다. 또한 우리의 산하에 지천으로 피고 지는 진달래가 그 자체로서 민족적 보편의 정서를 드러내고 있다고 할 수 있을 것이다.

**8** 「가는 길」에 등장하는 강물의 의미와 역할에 대해 논하시오.

**Point** 위 시에 등장하는 강물은 김소월 시의 생명력을 상징하고 있다. 그리움은 떠남을 전제로 하고 있으며, 떠남과 인과적 관계를 유지하고 있다. 또한 그것은 '강물'이라는 보편적이고 전통적인 이별의 공간 사이에 놓여 있다. 즉, 강물을 사이에 두고 그리움과 이별이 이루어지는 것이다. 강물은 근본적으로 이별을 가능하게 한 공간으로 작용하고 있다. 영원한 시간을 상징하는 강물은 미련 없이 흘러가지만, 유한한 존재인

인간은 떠나지 못하고 따라가지도 못하고 만남과 헤어짐의 비극을 반복한
다. 화자는 강물과는 달리, 연달아 흐르지도 못하고, 그립다고 말을 하지도
못하고 그냥 가 버리지도 못한다. 결국 마지막 행에서 자신과 강물은 뚜렷
이 분리된다. 이 시는 한 발도 성큼 내딛지 못히는 화자의 상황을 망설임을
표현하고 있다. 자연물인 강물은 끊임없이 '따라오고 따라가'고 3연의
'해'도 서쪽으로 쉬지 않고 움직인다. 그리움, 그리고 그로 인한 망설임을
통해 인간의 존재 양상을 드러내고 있음을 알 수 있다.

> **9** 김소월의 「진달래꽃」과 한용운의 「님의 침묵」에는 공통적으로
> '님'이라는 대상이 등장한다. 그러나 님의 태도와 의미에는 각
> 각의 차이가 있는데, 그 차이점에 대해 논하시오.

**P**oint   김소월 시 「진달래꽃」의 화자는 침착하고 오랜 인고(忍苦)의 고
통을 겪은 여인의 단단한 자아를 드러낸다. 떠나는 님의 발 밑에
진달래꽃을 뿌리겠다는 모순어법은 한(恨)의 정서를 간직한 전통적 여인의
자세를 보여주고 있다. 떠나는 님에 대한 의식의 절차는 상실의 고통과 슬
픔을 속으로 삭이는 방식으로 등장한다. 또한 「진달래꽃」의 님은 완전한
이별의 상태로 끝난 것이 아니라 미래에 일어날 진행형의 성격을 지니고
있다. 그러나 「님의 침묵」에 등장하는 화자는 이별의 놀라움과 충격을 그
대로 표출하고 있다. 영탄의 어법을 동원하여 이별에 대한 극심한 상실감
과 절망을 생생하게 드러내고 있으며, 시적인 긴장을 독자에게 최대한으로
보여주려 한다. 또한 「님의 침묵」의 이별은 이미 일어난 상태, 즉 이별이
완료된 상태의 정황으로 짜여져 있다. 님이 남긴 날카로운 첫 키스의 추억
은 대상과의 새로운 만남을 예고한다. 「님의 침묵」의 이별은 만남의 또 다
른 이름이 되는 것이다.

**10** 「초혼(招魂)」에 나타나는 시어 반복의 효과와 호명(呼名)의 행위가 표현하는 바에 대해 논하시오.

*P*oint  이 시의 특징인 시어의 계속적인 반복은, 사랑하던 사람을 차마 떠나 보낼 수 없는 마음을 절절히 표현하는 데 효과적이다. 1연의 '이름이여', 2연과 5연의 '사랑하던 그 사람이여!', 4연의 '설움에 겹도록 부르노라'에서 보이는 반복은 시에 리듬을 부여할 뿐만 아니라, 외침의 영탄적 어법을 동반하면서 시의 분위기를 최고의 격정으로 이끌어 간다. 그 격정의 외침은 영원한 사랑이자 영원한 동경을 지향하고 있다. 또한 이 시는, 님의 이름을 부르는 행위를 통하여 인간 존재의 본질적인 고독감을 표현하고 있다. 그리고 무한한 미지의 세계를 향하는 어떤 동경을 표현하기도 한다. 서산 마루의 '붉은 해'를 배경으로 슬피 우는 '사슴이의 무리'는 인간의 고독과 동경을 표현하기 위한 가장 적합한 은유라고 할 수 있다. 그러나 '하늘과 땅 사이가 너무 넓'어서 〈초혼가〉는 끝내 하늘에 닿지 못하고 만다. '선 채로 이 자리에 돌이 되'도록 영원한 사랑과 동경을 보내고 있을 뿐인 화자는 한계 상황에 대한 비극적 인식을 애절하게 드러내고 있다.

청동거울  전화 02-584-9886~7
팩스 02-584-9882

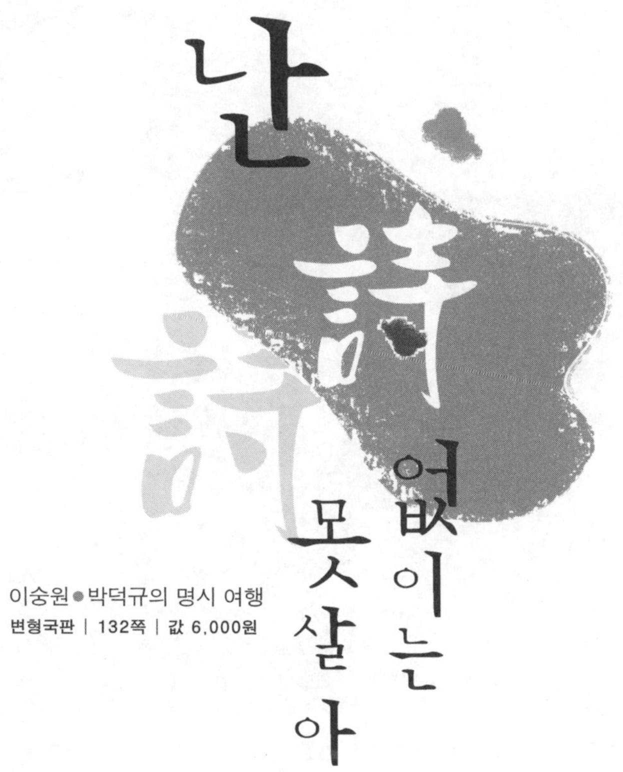


이숭원●박덕규의 명시 여행
변형국판 | 132쪽 | 값 6,000원

# 짧고 좋은 시 53편!

  많은 책, 많은 시집 속에 좋은 시들이 많지만, 사람들은 책을 뒤지고 시집을 뒤져서 그 시를 찾는 수고를 굳이 하려 들지 않고들 있는 편입니다. 그런 사람들에게 "오, 편리와 쾌락에 빠진 자들의 어리석음이여!" 하는 탄식으로 질타를 대신해 그들을 각성시키는 것도 좋겠지요. 멀거나 가까운 곳에서 홀로 빛을 뿜고 있는 시들을 찾아내 사람들에게 조금씩 읽어 주면서 "이런 좋은 시가 있는데 제대로 한번 읽어 봐 주지 않겠습니까?" 하고 물어보는 수도 있을 테지요. 저희는 두 번째 일을 택했습니다.

  저희는 매일 아침 한 편 시를, 그것도 아주 읽기 편한 만큼의 짧은 시를, 그것에다 그 시와 함께 어떤 것을 생각하는 것이 좋을지를 설명하는 짤막한 평을 곁들여 사람들에게 펼쳐 보였습니다. 세상에 더 좋은 시들이 많다는 사실을 알고 있으면서, 또는 길어야 10행 정도인 짧은 시가 아닌 데서도 더욱 좋은 시를 찾아내야 하는 것을 잘 알고 있으면서 말이지요. 이 책에 실은 원고는 저희가 바로 그와 같은 방법으로 2000년 7, 8월 두 달 동안 한 일간지에 매일 한 편씩 소개한 시와 그 해설입니다.  —머리말에서—

# 너무 일찍 별로 뜬 시의 영혼들!

기형도 | 박정만 | 조태일 | 김수영

윤동주 | 백 석 | 이육사 | 정지용 | 김소월

# 시인열전

박덕규 지음

## 소설을 읽듯이 즐기는 문학기행!

김소월·윤동주·기형도 등 요절시인들, 정지용·백석·박정만 등 비운의 시인들, 이육사·김수영·조태일 등 불굴의 시인들, 이들의 불꽃같은 생애와 주옥같은 시편들! 그 속으로 떠나는 새로운 시인 체험기! 책 속으로 떠나는 문학기행!

책으로 보는 유명 문인들의 삶과 내면 —연합뉴스 2001. 12. 20

현대시인들의 삶을 해부한 '문학사소설' —중앙일보 2001. 12. 29

격의 없는 서술로 확보되는 문학의 영토 —한겨레신문 2001. 12. 31

가슴으로 느껴지는 시인들의 삶과 사랑 —매일신문 2002. 1. 16

인간이었던 이들의 정겨운 면모 복원 —디지털조선 2002. 1. 16

이 책의 글들은 기본적으로 시인의 문학적 생애를 저변에 둔 글이면서, 한편으로는 평전, 한편으로는 시인론이라고 할 만한 경우도 있겠고, 좀 다른 차원에서는 편편이 '나의 시인 체험기' 또는 '나의 문학기행'이 되기도 한다. 〔……〕 각각의 문학작품이며 시인이 다 주체가 되면서도 서로 조화로운 관계로 입체적인 구조를 이루는 이야기 형식……, 이름한다면 '문학사소설' 같은 것. 나는 그런 것을 꿈꾸어 왔고 꿈꾸고 있는 것이다. —저자의 말

변형국판/224쪽/값 7,000원

**청동거울** 서울 서초구 서초동 1360-28 익산빌딩 203호 전화 02-584-9886~7 팩스 02-584-9882